KB072763

순혈의 헌터

류화수 장편 소설

FUSION FANTASTIC STORY

순혈의 헌터 6

류화수 장편 소설

초판 1쇄 찍은 날 § 2015년 9월 23일
초판 1쇄 펴낸 날 § 2015년 10월 2일

지은이 § 류화수
펴낸이 § 서경석

편집책임 § 이창진
편집 § 박가연, 고승진, 김현미, 이재림

펴낸곳 § 도서출판 청어람
등록번호 § 제387-1999-000006호
등록일자 § 1999. 5. 31
어람번호 § 제1-2243호

주소 § 경기도 부천시 원미구 부일로 483번길 40 서경B/D 3F (우) 420-822
전화 § 032-656-4452 팩스 § 032-656-4453
http://www.chungeoram.com
E-mail § chungeorambook@daum.net

ISBN 979-11-04-90430-1 04810
ISBN 979-11-04-90328-1 (세트)

PURE
BRED

순혈의 헌터

류화수 장편 소설
FUSION FANTASTIC STORY

6

HUNTER

도서출판 청어람

CONTENTS

제1장
빛의 수호자
혹은 배신자

드워프 마을에 도착하자 조나단은 목걸이에서 나와 드워프 마을을 바라보며 낮은 환호성을 질렀다. 아담하지만 섬세한 드워프 마을을 본다면 누구라도 조나단과 같은 반응을 보일 것이다.

"저 사람은 누구인가?"

외부인을 데리고 드워프 마을에 온 것은 처음이었다.

드워프 족장이 조나단을 바라보는 눈빛이 좋지는 않았다.

워낙 폐쇄적인 집단인 드워프 마을이었기에 외부인을 환영하지 않았다.

조나단을 내가 데리고 왔기에 바로 쫓아내지 않은 것이지 그 혼자 이곳을 방문했다면 수십이 넘는 무기가 그에게 날아들었을 것이다.

"인간 세계의 대장장이입니다. 드워프들의 우수한 기술을 보고 싶어 해서 데리고 왔습니다."

대장장이란 말에 조나단에 대한 적개심이 약간이나마 수그러들었고 드워프 마을 곳곳에 세워져 있는 조각들과 농기구들을 바라보며 감탄을 지르는 조나단의 모습에 조금씩 마음을 열고 있는 드워프 족장이었다.

조나단의 눈빛은 정말 순수하게 드워프의 작품을 감상하고 있었다.

"인간이 드워프의 기술을 보면 저런 반응이 나오는 것이 당연하지."

자부심이 가득한 드워프 족장이었고 조나단에게 다가가 이것저것 설명을 해주기 시작했나.

말이 통하지 않아도 저렇게 대화가 된다는 것은 공통 관심사가 있어서겠지?

드워프 족장과 조나단은 내가 없어도 둘이 죽이 맞아 여기저기를 돌아다니며 시간을 보냈고 나는 드워프제 맥주나 홀짝거리면서 시간을 보냈다.

그러기를 며칠째. 조나단의 슈트가 점점 완성도를 높여가고 있었다.

확실히 드워프가 장인은 장인이었다. 공학적인 지식이 가득한 신 교수와 조나단이 생각지 못한 부분에서 드워프들이 적절하게 조언을 해 엄청나게 발전하고 있는 슈트였다.

결합 부위의 약점이 보완되었을 뿐만 아니라 움직임 자체도 더욱 매끄럽게 변하였다.

시제품을 몇 개 더 만들기 위해서는 쇠가 더 필요했다. 하지만 마을에는 조나단이 원하는 만큼의 쇠가 있을 리가 없었고 결국 스쿠터 500대 전부가 조나단의 몸속으로 빨려들어가는 것을 막을 수 없었다. 기름을 연료로 사용하는 스쿠터를 사용할 사람도 없긴 했지만 그래도 아까운 건 어쩔 수 없었다.

"스쿠터 500대만큼의 성능이 없으면 알아서 하세요."

당당하게 스쿠터를 요구하는 신 교수와 조나단을 쏘아보는 것 말고는 딱히 할 수 있는 게 없었다.

힘들여 미국까지 가서 벌어 온 스쿠터를 뺏기자 속이 쓰렸고 기분 전환을 위해 그라니안을 찾아갔다. 화풀이를 할 대상이 그 말고는 없었다.

루카라스와 대련을 하면 힘을 제어하지 않고 사용할 수는 있긴 했지만 후유증이 상당했다. 단순히 몸을 움직이는 것은 그라니안을 상대하는 것이 백배는 나았다.

"여, 오랜만이다."

보통 수련생들의 수련을 루카라스가 대부분 하기 때문에

그라니안을 찾아가는 일이 드물었다. 일본 수련생들만이 그라니안의 외로움을 달래줄 뿐이었다.

"그래 오랜만이군. 무슨 일로 온 거지?"

"무슨 일로 오다니. 당연히 수련 도와주려고 온 거지."

이미 어느 정도 기운을 조화시킬 수 있는 경지에 다다른 그라니안이었기에 이제는 실전 대련이 필요한 상황이었다.

"아직 준비가 되지 않았다."

"준비가 되지 않은 상황에서 대련을 해야 진정한 실력이 나오는 거야."

수련을 거절하는 것은 수련생으로서의 자세가 아니었다.

1기 수련생인 그라니안이 솔선수범을 보여야 하는 것이다.

그가 다른 말을 하기도 전에 그의 명치에 주먹을 날렸다.

"치사하다. 말을 하는 도중에 주먹을 날리는 법이 어디에 있는 건가."

"그러면 넌 몬스터 사냥할 때 '내가 너희들한테 5초 이따가 갈 거니 준비하고 있어' 라고 말하고 사냥하냐?"

"이건 사냥이 아니라 대련이다. 당연히 상호 동의하에 이루어져야 하는 것이다."

"드래고니안이 혀가 왜 이리 길어? 그냥 덤벼."

주먹을 피해 하늘로 향하는 그라니안을 따라 하늘로 올라갔다가 금방 그의 머리끄덩이를 잡고 땅으로 내려왔다.

내 손에 그의 머리끄덩이가 잡힌 이상 이제는 대련이 아니었다. 일방적인 구타가 시작된 것이다.

"으아아아아!"

오랜만에 들어보는 그라니안의 비명 소리였다.

머리끄덩이가 잡힌 상태에서도 반항을 하기 위해 기운을 끌어 올리는 그였지만 그때마다 그의 기운의 역속성에 해당하는 기운을 일으켜 그의 기운을 상쇄시켜 버렸다.

그에게 기운을 이용해 공격하지는 않았다. 오로지 육체의 힘을 이용해 그의 몸을 두들겼다.

기운을 포함된 공격을 하면 그를 두들길 시간이 줄어든다. 그렇게 해서는 쌓인 스트레스가 풀리지 않는다.

"이 미친 미국 놈들. 누가 스쿠터를 달라고 했냐고. 그리고 조나단은 마을에 받아줬으면 조용히 살면 되지 왜 스쿠터를 지가 꿀꺽하냐고. 그게 얼마짜린지 알고 꿀꺽한 거냐! 지가 밥값을 내기를 했어 마정석 하나를 구해줘 봤어! 죽어라!"

"나는 스쿠터가 뭔지도 모른다."

그라니안은 입술이 터져 나가며 무슨 말을 옹알거렸지만 신경을 쓰지 않고 주먹에 힘을 실어 그를 두들겼다.

피떡이 되어 쓰러진 그라니안을 바닥에 던졌다.

"이제 좀 시원하네."

몸이 제대로 풀려 상쾌한 기분이었다. 어깨를 돌리며 마무리 체조를 하는 나를 그라니안은 원망스러운 눈빛으로 바라보고 있었다.

"좋은 수련이었지?"

"개뿔."

그라니안의 한국어 실력이 일취월장하고 있었다.

"괜찮으십니까?"

일본 헌터들이 그라니안의 보금자리를 찾았다.

그들은 수련을 위해 하루도 빠짐없이 그라니안의 보금자리를 찾아왔고 오늘은 평소와 다른 모습에 놀라하며 그라니안에게 다가갔다.

"나는 이제 가볼게."

볼일을 마친 이상 여기 있을 이유가 없었고 그라니안이 폭주하여 일본 수련생들을 두드리는 끔찍한 장면을 보고 싶지도 않았다.

그라니안의 손속은 너무 잔인했고 정서를 위해서 그런 장면을 보지 않는 것이 좋다.

"누굴 닮아서 저렇게 잔인한 건지. 참나. 나 이제 가볼 테니까. 살살해라 그라니안."

"꺼져라."

나는 한껏 몸을 풀고 나서인지 상쾌하게 마을로 돌아가려고 하다가 아직 시간이 이른 것 같아 화산 지역 주변을 돌아다녔다.

지겹게 구경한 화산 지역이었지만 오늘따라 달라 보였다.

"화산이 폭발하려고 그러는 건가? 왜 기분이 이상하지."

화산의 움직임은 전과 다르지 않다. 심장이 떨려오는 이유를 알 수 없었다.

피가 들끓는다. 혈관이 수축되고 팽창되는 속도가 빨라진다.

온몸이 뜨겁게 달아오르고 있다. 누군가가 나를 부르고 있는 것 같다.

누가 나를 부르는 거지?

"그만해. 시끄러워."

귀를 막아보아도 소리가 멈추지 않는다. 발이 저절로 움직인다.

나를 부르는 소리를 따라 몸이 움직인다.

가고 싶지 않은 건가? 무서운 건가?

그렇지는 않았다. 누가 나를 부르는지는 몰라도 상쾌한 기분을 한순간에 곤두박질치게 한 대상의 면상을 밟아주고 싶었다.

내 의지가 더해지자 발걸음은 더욱 빨라졌다.

화산 지대를 건너자 강이 모습을 보인다. 화산의 영향인지 물이 뜨거웠다.

강에 뛰어들었다. 하늘을 날면 된다는 생각조차 들지 않았다.

그냥 빨리 강을 건너고 싶다는 생각만이 들었고 헤엄을 쳐서 강을 건넜다.

강을 건너자 나를 부르는 목소리가 점점 선명해지고 있다.

'여기로 오거라, 나의 추종자여.'

초등학교 때 햄버거의 유혹을 이기지 못하고 학교 근처 교회를 간 적도 있었고 부처님 오신 날에 비빔밥을 먹으러 사찰에 간 적은 있었어도 종교를 믿은 적은 없는 나다.

내가 믿는 신은 없었고 당연히 누군가의 추종자가 될 일은 없다.

나를 추종자라고 부르는 존재는 누구인지 몰라도 사람을 잘못 본 게 분명했다.

강을 건너자 산이 모습을 드러낸다. 저 산에서 누군가가 나를 부르고 있는 것이 분명하다.

산의 중턱까지 올라가자 수풀에 가려진 동굴을 찾을 수 있었다.

저기서 시끄럽게 나를 부르지 않았다면 절대 찾을 수 없을 정도로 울창한 수풀이 동굴의 입구를 가리고 있었다.

"누구냐. 내가 왜 너의 추종자라는 것이냐. 사람 잘못 봤어!"

동굴 입구에서 소리를 쳤고 대답 대신 메아리만이 되돌아왔다.

어두운 동굴 안으로 한 걸음을 옮겼다. 이제는 머리를 울릴 정도로 큰 목소리로 나를 부르고 있다. 뇌가 녹아내리는 기분까지 들었다.

그래, 내가 가준다. 가서 입을 틀어막아 주마.

동굴은 똬리를 튼 뱀처럼 꺾여 있었고 아무리 걸음을 빠르게 옮겨도 끝이 보이지 않았다.

울리는 머리를 부여잡고 발걸음을 옮겼다. 얼마나 걸었는지 기억도 나지 않는다.

어두운 동굴이 밝아오기 시작한다. 저 불빛이 있는 곳에 나를 미친 듯이 부르는 존재가 있을 것이다.

이제 끝이 보인다. 주먹에 최대한 힘을 싣고 불빛을 향해 걸어갔다.

불빛이 보이는 곳에 있는 그에게 곧장 주먹을 선물해 줄 생각이었다.

선물을 받을 준비가 되지 않아도 상관없다. 선물을 받고 싶지 않다고 해도 강제로 선물해 줄 것이다.

불빛이 점점 강해진다. 늦은 밤 불법 개조한 자동차의 하이빔을 직접적으로 받은 듯이 눈이 보이지 않는다. 그래도 발걸음을 멈추지 않고 앞으로 걸어갔다.

소리는 여전히 들려온다. 이제는 코앞에서 소리치는 것처럼 그의 목소리가 귓가를 때린다.

"도착했다. 모습을 드러내라."

'너는 나의 추종자가 아니구나.'

"이제 알았어? 너는 사람을 잘못 봤다고."

빛이 소리를 만들어낸다. 허공에 주먹을 휘둘러 보았지만 아무런 타격감도 느껴지지 않는다.

'왜 나의 추종자의 기운을 가지고 있는 거지?

"누구를 말하는 건지는 몰라도 내가 그의 기운을 가지고 있다면 내가 그의 기운을 흡수한 거겠지."

'너는 나의 추종자를 죽이고 기운을 흡수했구나. 감히 나의 추종자에게 해를 가하다니. 용서할 수 없다.'

빛이 미친 듯이 깜박거린다. 빛을 받을 때마다 몸이 쪼그라드는 느낌이 든다.

여기는 어디인지 헷갈린다. 내가 누구인지 의심스럽다.

빛이 나의 머리를 헝크러뜨린다. 꿈인지 현실인지 구별이 되지 않고 있다.

내가 꿈을 꾸고 있는 것인가?

펑!

머릿속에서 폭발음이 들려온다. 빛과 빛이 충돌했다. 육체가 녹아내리는 기분이다.

빛 속으로 빨려들어 간다. 몸이 빙글빙글 돌며 빛 속으로 빨려들어 간다.

빛을 거부할 수가 없었다.

쿵.

빛 속으로 끌려들어 간 지 얼마 되지 않아 딱딱한 바닥이 나를 반긴다.

다리가 아려온다. 이 정도 충격으로 다리가 아플 리는 없었다. 드래고니안의 수련을 하여 돌보다 단단한 육체를 가지고 있는 내가 이 정도 높이에서 떨어졌다고 해서 다리가 아려올 리는 없었지만 이 고통은 현실이었다.

"누구냐. 왜 나를 여기로 불러들인 것이냐."

내 눈앞에 빛이 다가온다. 그 빛은 점점 작아지며 형상을 만들고 있었다.

빛이 완전히 모습을 감추었고 그곳에는 빛 대신 흰색 로브를 입고 있는 존재가 모습을 보였다.

그가 낯설지 않다. 어디선가 본 적이 있는 모습이다.

기억이 났다. 죽음의 기운을 봉인 할 당시 꿈속에서 보았던 11명의 제자 중에 한 명이다.

스승의 뱃속에 봉인구를 찔러 넣던 존재의 옆자리를 지키고 있던 그였다.

"네가 나의 추종자의 힘을 뺏었느냐?"

"누구를 말하는 건지 모르겠어. 너의 추종자가 누구인 건데?"

내가 흡수한 몬스터의 양은 헤아리기 어려울 정도다. 일반 몬스터는 물론이고 자연계 몬스터까지 그가 말하는 추종자가 누구인지 알 수 없었다.

"시간을 관장하는 나의 기운을 가진 나의 추종자를 모른다는 것인가?"

시간을 관장하는 몬스터가 있었던가? 미궁.

시간을 조종하는 곳은 미궁밖에 없었다. 그곳에서 나는 거대한 나무 괴물의 기운을 흡수했고 미궁이 무너졌다.

"미궁을 말하는 거냐? 그렇다면 내가 너의 추종자의 기운을 흡수한 것이 맞다. 그렇다고 해서 나를 왜 불러들인 거지?"

그라니안의 보금자리에 수십 번은 들락날락거렸지만 눈앞에 있는 존재가 나를 부른 적은 오늘이 처음이었다. 왜 하필 오늘 그가 나를 부른 건지 알 수가 없었다.

"동면의 시간이 길었다. 이제야 힘을 서서히 찾아가는 중에 나의 추종자의 기운이 느껴져 반갑게 불렀지만 원치 않는 사람이 나를 찾아왔구나."

그의 흰색 로브가 펄럭인다. 그가 분노하고 있는 것이다.

내 존재가 그의 마음에 들지 않는 것 같아 보였다.

"혹시 11명의 제자 중 한 명인 건가?"

"우리를 아느냐?"

"잘은 몰라도 모르지는 않지. 스승을 배신한 배신자들이잖아. 아무리 그래도 그렇지 어떻게 스승을 배신할 수가 있냐."

그가 11명의 제자 중 한 명이라면 내가 그를 상대할 방법이 없다.

11명의 제자의 기운을 조금 이전받은 블라디미르를 상대하며 죽을 뻔한 적도 있었다.

그런데 11명의 제자 중 한 명이 직접 손을 쓴다면 내가 살아날 수 있을까?

어차피 죽을 거라면 하고 싶은 말이라도 다 해야 되지 않겠는가.

"닥쳐라. 우리를 배신자라고 하지 마라. 우리는 세상의 균형을 위해 노력한 수호자다."

"수호자는 개뿔. 스승의 뱃속에 무기를 꼽아 넣은 극악무도한 놈들이 무슨 포장질을 그렇게 열심히 하는 거냐."

"닥쳐라. 닥치란 말이다. 우리가 원해 그 일을 한 것 같으냐? 절대 아니다. 우리는 세상의 균형을 위해 어쩔 수 없는 선택을 한 것일 뿐이다."

그의 로브가 미친 듯이 펄럭거린다. 이제 그가 움직일 것이다. 나의 목숨을 노리고.

＊   ＊   ＊

흰색 로브가 나의 시야를 가렸다. 강대한 기운이 나의 주위를 둘러싸며 압박해 오기 시작했다. 여기서 이대로 당할 수는 없다. 오행의 기운을 모두 폭발시켜 흰색 기운에 대항하기 위해 노력했지만 아무런 소용이 없었다.

모든 기운이 흰색 기운에 잠식되어 힘을 쓰지 못하고 있다.

"죽고 싶은가?"

반항을 포기하고 흰색 기운에 몸을 맡기고 있을 때 그가 말했다.

죽고 싶냐고? 절대 그렇지 않았다. 아직 못해본 일들도 많았고 하고 싶은 일도 많다. 이대로 죽기에는 너무도 아쉬웠다.

"죽고 싶지 않다."

"그렇겠지. 죽고 싶은 사람은 흔치 않을 것이다. 나는 생물을 죽이지 못한다. 살릴 뿐이지."

흰색 기운이 순식간에 사라졌다.

몸을 압박하는 흰색 기운이 사라지자 몸이 휘청거렸다. 손발에 힘이 빠져 몸을 지탱할 수가 없었던 것이다.

"죽이지 못한다는 것이 무슨 뜻이지?"

"나는 시간과 삶을 관장하는 존재다. 죽음의 힘을 허가받지 못했다. 나는 너뿐만 아니라 어떤 생물도 죽일 수 없다."

그의 말이 사실이라면 나로서는 다행이었다. 그의 기운에 대항할 방법이 딱히 없던 상태다.

대항은커녕 손가락 하나 까닥하지 못하고 있었다.

"그러면 저를 보내주는 겁니까?"

살 수 있다는 희망이 생기자 말이 공손해졌다. 이전에는 죽을 가능성이 높아 보여 그에게 막 대했다면 지금은 상황이 달랐다.

"사람이든 몬스터든 언젠가는 죽게 된다는 것을 알고 있겠지?"

"그렇습니다. 보통 사람의 수명이 80세인 걸 감안하면 저는 아직 50년 넘는 수명이 남아 있습니다. 그리고 헌터인 것까지 생각하면 더 오래 살 수도 있습니다."

"그래 남은 수명을 보장해 주겠다."

여기서 보내준다는 것도 아니고 수명을 보장해 주겠다니?

도통 그가 하는 말의 뜻을 알 수가 없었다. 오래 산 존재답게 말도 어렵게 하였다.

"수명을 보장해 준다는 뜻이 여기서 보내준다는 말씀이시죠?"

"나의 추종자를 죽인 너를 내가 편안히 보내주어야 할까?"

"모르고 저지른 죄는 처벌하지 않는 법입니다. 앞으로는 추종자로 보이는 몬스터를 잡지 않겠습니다."

어떤 몬스터가 그의 추종자일지는 몰라도 일단 말을 내뱉었다.

지금은 어떻게든 그의 마음을 돌려 이곳을 빠져나가야 한다.

"이미 늦었다. 여기서 남은 수명을 보내거라."

"안 됩니다. 여기서 제가 무엇을 할 수 있다는 말입니까. 먹을 것도 없어 보이는 이곳에서 산다고 해서 제가 어떻게 남은 수명을 채울 수 있겠습니까."

"저기 보이는 샘물만 마셔도 허기가 느껴지지 않을 것이다. 남은 수명 동안 반성하며 살거라."

"아니, 제가 무슨 큰 죄를 지었다고 이러십니까. 그냥 몬스터 한 마리 죽인 것뿐입니다."

"그 몬스터가 너에게 해를 입혔느냐?"

미궁에 있던 괴물 나무가 나에게 해를 입히지는 않았었다. 오히려 내가 괴물 나무의 힘이 욕심이 나서 그를 먼저 공격했다. 미궁을 빠져나가려는 목적은 있었지만 그것보다 괴물 나무의 힘이 더욱 탐이 났던 것은 사실이었다.

"아무런 말도 못 하는 걸 보니 내말이 맞겠군. 그렇다면 너는 여기서 남은 생을 보내는 것이 맞다. 잘못을 인정하고 반성해라."

흰색 로브를 붙잡았다. 이대로 그를 보낼 수는 없다.

아무것도 없어 보이는 이곳에서 살고 싶은 마음은 전혀 없다.

차라리 죽는 것이 나을지도 모른다.

"안 됩니다. 제발 여기서 내보내 주세요."

두 손으로 꼭 잡고 있던 흰색 로브가 사라지고 있다. 그가 하늘에 있는 빛을 통해 빠져나가고 있는 것이다. 나는 급히 그를 따라 하늘로 올라갔지만 이미 빛은 사라지고 없어졌다.

"젠장. 우라질."

바닥에 퍼질러 앉아 아무런 생각도 하지 않고 멍하니 하늘만을 바라보았다.

그렇게 몇 시간을 앉아 있자 조금씩 정신이 돌아오고 있었다.

흰색 로브의 존재 때문에 머리가 마비되었던 것 같았다.

정상적인 사고를 하지 못했었다. 모든 생각이 몇 박자 느리게 떠올랐었다.

"여기를 어떻게 빠져나가지?"

가장 손쉬운 방법은 드래곤의 목걸이를 이용해 텔레포트를 시전하여 여기를 빠져나가는 방법이다.

"역시 될 리가 없지."

미궁에서도 텔레포트 목걸이가 빛을 잃었었다. 미궁을 만든 존재보다 훨씬 강한 능력을 가지고 있는 흰색 로브가 만든 공간에서 목걸이를 쓸 수 있을 리가 없었다.

다른 방법은 뭐가 있지? 생각을 해보자. 머리를 굴려야 한다. 최대한 빨리 여기를 빠져나가야 한다. 흰색 페인트로 도배된 것 같은 이 공간은 정신병동에 갇힌 기분을 들게 만든다.

여기서 몇 달을 보내며 미치지 않을 자신이 없었다.

주변을 둘러보았다. 그렇게 넓지는 않은 공간이다. 작은 샘물이 하나 있는 것을 제외하면 50평 남짓한 좁은 공간이다. 벽의 끝으로 걸어갔다.

"부술 수 있을까?"

주먹에 온갖 기운을 끌어 올려 벽을 때렸다.

똑.

호수에 물 한 방울이 떨어지는 것 같은 소리가 났다. 벽은 내가 내지른 기운을 모조리 흡수해 버리는지 아무런 타격음도 만들어내지 않았다. 마치 스펀지에 주먹질을 하는 느낌이었다. 다른 벽을 두드려 보아도 상황은 똑같았다. 완벽하게 갇혔다.

절대 빠져나갈 수 없는 감옥에 종신형을 구형받았다. 그것도 독방이다.

얘기를 나눌 상대도 없는 이곳에서 내가 무엇을 해야 하지?

무기력감이 나를 찾아왔다. 그 감정을 밀어내지 않고 받아들였다.

바닥에 누워 눈을 감았다. 흰색으로 도배되어 있는 벽 때문인지 아니면 조용한 방 안 때문인지 의욕이 점점 잃어가고 있다.

눈이 감긴다. 몸이 나른해진다. 아무렇게나 바닥에 누웠다.

*   *   *

2차 몬스터 범람이 시작된 지 6개월이 지났다.

세계는 다시 한 번 홍역을 치러야 했다.

이번 홍역은 이전보다 더욱 심한 증상을 보이고 있었다.

몬스터 도어에서 일반 몬스터뿐만 아니라 대량의 자연계 몬스터까지 넘어왔고 보이는 모든 것을 파괴하고 있었다.

몬스터들을 막기 위해 전 세계 정부와 헌터 협회는 갖은 노력을 하고 있었지만 노력만큼의 성과가 보이지 않았다.

사람들은 하루가 다르게 죽어갔고 정부는 도시를 버리기 시작했다.

그리고 중요한 몇 개의 도시만을 방어했다. 모든 도시를 방어하기에는 무리가 있었다.

한 번의 전투로 수백 명의 헌터가 죽어나가는 상황에서 힘을 밀집할 필요가 있었던 것이다.

한국의 상황도 다르지 않았다. 2개의 도시를 제외하고는 폐허로 변한 지 오래였다.

헌터 협회의 본부가 있는 서울과 도시 전체가 장벽으로 보호받고 있는 대구를 제외하면 이미 몬스터들에게 점령당했다.

모든 사람이 서울 아니면 대구로 이주하기를 원했지만 먼 거리를 이동해 두 개의 도시에 도착할 수 있는 운 좋은 사람은 소수였다.

"아니, 이런 상황에서 용택이는 어디 간 거야?"

사장은 뻐근한 뒷목을 만지며 짜증을 뱉어내었다.

그의 옆에는 추수가 딱딱한 표정을 지으며 지도를 보고 있었다.

"교관님은 돌아올 겁니다. 그때까지만 견디면 됩니다."

"언제 올 줄 알고. 벌써 사라진 지 8개월은 넘었다고."

추용택이 사라진 지 8개월이 지났고 몬스터 범람이 다시 일어난 지 6개월이 지났다.

"이번 몬스터 범람에서 생긴 피해 규모가 어떻게 되지?"

언제 돌아올지 모르는 추용택에 대한 얘기를 할 시간도 없었다. 당장 오늘 전투에 대해 전략을 짜야 했다.

"그래도 어제는 피해가 크지 않았습니다. 조나단 님이 만든 슈트 덕을 톡톡히 봤습니다."

추용택이 없는 대구 지역을 방어할 수 있었던 것은 성장한 수련생들의 노력도 있었지만 수백 톤이 넘는 슈트의 도움도 컸다.

"새로운 슈트는 언제쯤 완성이 된다고 했지?"

"1주일은 더 걸려야 한답니다. 도시에 있는 쇠라는 쇠는 전부 가져다주었지만 아직도 부족하다고 합니다."

6개월 동안 조나단과 신 교수가 만들어낸 슈트는 고작 20대에 불과했다.

능력이 부족해서가 아니었다. 쇠의 양이 부족하여 슈트를 만들지 못하고 있었다.

하지만 20대에 불과한 슈트였지만 효율은 상당했다. 사장과 추수를 비롯한 SS급 이상의 헌터들과 S급 헌터들이 슈트에 탑승했다. 그들은 조나단이 탑승했을 때와는 차원이 다른 움직임을 보여주었기에 수만 마리의 몬스터를 상대로 장벽을 지켜낼 수 있었다.

"슈트 수리는 언제 마무리되는 거지? 슈트 한 대가 있고 없고의 차이가 엄청나다고."

몬스터와의 전투에서 슈트가 작동 불가 상태에 빠지게 되면 급히 뒤로 후송이 되고 그 슈트를 조나단이 수리하였다. 쇠가 부족해서 슈트를 새로 만들지 못하고 있었지만 그는 뛰어난 대장장이었고 슈트 수리를 어렵지 않게 해내었다.

아무리 심하게 부서진 슈트라고 해도 그의 손이 닿으면 새로운 슈트로 탈바꿈되었다.

"이미 수리가 완료되었다고 들었습니다."

"그러면 나가자. 이제 슬슬 몬스터가 밀려들어 올 시간이 되었네."

몬스터들은 하루에 2번 이상 장벽을 두드렸다.

가장 해가 높게 떠 있는 시간과 어둠이 찾아오기 직전이 몬스터가 쳐들어오는 시간이었다.

그리고 지금 해는 높은 위치로 향하고 있었다.

"그러면 무운을 빌겠습니다."

사장과 추수는 다른 방향으로 움직였다.

장벽을 중심으로 보아 오른쪽은 사장이, 왼쪽은 추수가 거느리는 전투부대가 맡았다.

사장은 동쪽 전선에 자리 잡고 있는 제1창고로 향했다. 전투에 앞서 슈트를 착용해야 했기 때문이다.

사장을 필두로 9명의 1부대원들이 따라 들어와 슈트를 착용했다.

"오늘은 제발 얌전히 전투 좀 하자. 기람아. 너 때문에 내가 제명에 못 살지 싶다."

"죄송합니다."

1부대에서 가장 높은 성과를 보이는 것은 사장이 아니라 정기람이었다.

그는 공격 일변도로 몬스터를 상대했기 때문에 가장 많은 수의 몬스터의 목을 딸 수 있었지만 가장 많은 상처를 입기도 했다.

사장의 말에 죄송하다는 정기람이었지만 몬스터와 상대를 하는 순간 사장이 했던 경고는 그의 머릿속에서 사라지고 없을 것이다.

슈트의 가슴이 동시에 열렸다. 슈트를 여는 방법은 어렵지 않았다.

처음 슈트를 보았을 때만 해도 이것을 타고 어떻게 몬스터를 상대할지 막막한 그들이었다.

하지만 조나단과 신 교수가 곧 헌터들의 몸에 맞게 슈트를 개조했는데 지금은 오히려 슈트를 착용하지 않으면 제대로 전투를 하지 못할 정도로 슈트에 길들여져 있는 그들이었다.

각자의 손가락에 끼어진 반지가 슈트를 여는 열쇠였다.

조나단이 만들어준 반지가 슈트의 가슴에 있는 홈에 끼워져야만 슈트의 가슴이 열리고 탑승을 할 수 있는 것이었다.

슈트에 탑승하면 시야가 넓어진다. 슈트 안에 내장된 안경이 망원경의 역할까지 하고 있는 것이었다. 그들은 이미 여러 번 사용해 본 슈트였기에 능숙하게 움직여 장벽을 두드리고 있는 몬스터들에게 다가갔고 장벽 위에는 이미 부대원들이 그들을 기다리고 있었다.

슈트를 입은 그들이 많은 수의 몬스터를 상대할 수는 있었지만 다른 부대원들의 도움도 필수적이었다.

"이제 사냥할 시간이다."

10대의 슈트를 입은 1부대원들이 장벽을 뛰어넘어 몬스터가 우글거리는 곳에 발을 디뎠다. 오우거보다 큰 덩치를 가지고 있는 슈트의 모습을 보면 겁을 먹어야 할 몬스터들이 오히려 슈트를 향해 달려들었다.

슈트 한 대당 수백 마리의 몬스터가 달려들었고 그들은 이런 상황에서 대처법을 이미 숙지하고 있었다.

가장 많은 몬스터에 둘러싸여 있던 사장은 벨트를 풀어 채찍을 만들어냈다.

수백 마리의 몬스터라고 해봤자 살과 뼈로 만들어진 몸을 가지고 있는 놈들이다.

통짜 쇠로 만들어진 채찍을 견딜 놈은 아무도 없다.

"오늘은 사냥하기 딱 좋은 날씨네."

사장은 좌우로 채찍을 휘둘렀고 수십 마리의 몬스터가 채찍에 몸이 부러지거나 날아갔다.

다른 동료들의 모습도 다르지 않았다.

긴 채찍을 휘둘러 몬스터들의 접근을 막음과 동시에 수를 줄이고 있었다.

쿵. 쿵.

무거운 발걸음 소리가 들려온다. 절대 슈트의 무게보다 가벼운 녀석이 아니었다.

"사장님. 전방에 자연계 몬스터 출몰입니다."

장벽을 긁고 있던 몬스터들을 대충 정리하자 까다로운 놈이 다가오고 있었다.

일반 몬스터 수천 마리를 상대하는 것이 자연계 몬스터를 상대하는 것보다 쉬웠다.

슈트의 압도적인 힘이 자연계 몬스터를 상대로는 급감했다.

"모두 모여."

사장은 슈트를 입은 10명의 부대원을 소집했고 다른 부대원들은 장벽 주위를 지키며 몬스터들이 다가오지 못하게 진을 형성하고 있었다.

"한 방에 끝내자. 시간을 끌면 끌수록 우리가 불리해진다는 것, 다들 알고 있겠지?"

모두 자연계 몬스터를 몇 번이나 상대해 봤다. 체력과 재생력이 헌터들보다 훨씬 뛰어난 자연계 몬스터를 상대로 시간을 끄는 것은 자살행위와 다르지 않았다.

"알고 있습니다. 제가 선두에 서겠습니다."

이미 눈이 돌아가 버린 정기람이 자연계 몬스터를 향해 달려가고 있었다.

그를 막을 방법이 없다는 것을 잘 알고 있는 사장과 다른 부대원들은 급히 그의 뒤를 쫓아 자연계 몬스터를 향해 달려갔다.

"뭐야 저거. 자연계 몬스터가 한 마리가 아니잖아!"

"저쪽에도 자연계 몬스터의 모습이 보입니다."

10대의 슈트와 250명의 부대원이 상대할 수 있는 자연계 몬스터는 두 마리가 한계였다.

최소 한 마리당 5대의 슈트가 달라붙어야지만 상대할 수가 있었다.

하지만 지금 모습을 드러낸 자연계 몬스터는 세 마리였다.

"2부대에 지원 요청을 해."

끝과 끝에 위치하고 있는 2부대에 지원 요청을 한다고 해서 제시간에 도착할 것 같지는 않았지만 지금은 지원 요청을 하는 것 말고는 뾰족한 수가 없었다.

성급하게 달려가던 정기람도 세 마리의 자연계 몬스터가 뿜어내는 위엄에 발을 멈추었다.

"일단 최대한 시간을 끌자."

작전은 변경되었다. 시간을 끄는 것은 헌터들에게 불리한 작전이었지만 지금은 어쩔 수 없었다.

제2장
귀환

"사장님, 피하세요."

세 마리의 자연계 몬스터를 상대로 분전하고 있는 1부대원들이었지만 상황은 유리하지 않았다. 아니, 최악이나 다름없었다.

사장은 최전방에서서 자연계 몬스터들의 시선을 끌고 있었다. 그 틈에 다른 부대원들이 한 마리의 자연계 몬스터라도 상대할 시간을 벌기 위해서였다.

하지만 상황은 사장의 마음같이 진행되지 않았다. 두 마리의 자연계 몬스터를 상대로 밀리고 있는 부대원들이다. 특히 가장 중심에 있는 두꺼비같이 생긴 자연계 몬스터의 힘이 이

전에 상대해 보았던 자연계 몬스터와는 차원이 달랐다.

슈트를 입은 9명의 부대원과 250명에 달하는 부대원이 속절없이 밀리고 있다.

사장은 그 모습에 급히 몸을 돌려 그들에게 향했지만 자신의 뒤를 후려치는 몬스터의 손에 중심을 잃었다.

쿵!

슈트가 넘어지며 작지 않은 웅덩이를 만들어내었다.

그 웅덩이 위에는 슈트를 입은 사장과 사장의 목숨을 노리며 발을 들어 올리는 몬스터가 있다. 몬스터의 발이 내려오는 순간 슈트는 터져 버릴 것만 같았다.

부대원들은 그런 모습을 보면서도 아무런 도움을 주지 못한다는 사실에 이빨을 꽉 깨물었지만 자신들의 앞을 가로막는 자연계 몬스터들 때문에 이러지도 저러지도 못하고 있었다.

사장의 눈이 가려졌다. 가장 높은 곳에 떠 있는 태양이 보이지 않고 냄새나고 더러운 몬스터의 발만이 보였다. 그의 눈이 감겼다. 이미 피하기에는 늦었다. 자신이 마지막으로 본 모습이 몬스터의 발이라는 게 억울해서 눈을 감았다.

펑!

살과 뼈가 터져 나가는 소리가 들려왔다. 소리 이후 찾아올 고통이 느껴지지 않자 사장의 눈이 살며시 떠진다.

"이자벨 님."

그를 구해준 이는 고양이의 형태에서 사람의 형태로 변해 있는 이자벨이었다.

"그렇게 쉽게 포기하면 주인님이 좋아라 하겠다."

"죄송합니다."

그녀의 주인인 추용택에게는 쉽게 반말을 하는 사장이었지만 이자벨에게는 그럴 수 없었다.

그녀가 내뿜는 위압감은 자연계 몬스터를 상회했다.

이자벨이 직접적으로 모습을 드러낸 것은 얼마 되지 않았다.

이전의 몬스터 범람 때에도 알게 모르게 몬스터를 사냥한 그녀였지만 이렇게 직접적으로 도움을 준 것은 추용택이 사라지고 2달이 흘러서였다.

그녀는 자신의 직접적인 도움이 없이는 주인의 수련생들이 죽어나갈 것 같았기에 모습을 드러내었다.

"일어나라. 아직 몬스터들이 많이 남아 있다."

이자벨에 의해 멀리 튕겨져 나가 있는 몬스터가 몸을 일으킨다. 옆구리에 구멍이 생겨 뼈가 드러나 있었지만 포기하지 않고 몸을 일으키고 있다.

끈질긴 생명력을 가진 몬스터의 숨통을 끊어야 한다.

"도와주시겠습니까?"

"알았다."

이자벨이 도와준다면 충분히 상대할 수 있다.

그녀는 빛살처럼 쏟아져 몬스터의 배를 관통했고 그의 뒤를 따라 사장이 몬스터의 팔을 붙잡고는 몬스터의 머리를 향해 자신의 머리를 박아 넣었다.

"크아아아앙!"

고통에 찬 비명을 지르는 몬스터를 향해 다시 한 번 빛살이 지나갔다. 이번에는 그의 심장을 관통한 이자벨이었다. 몬스터의 눈에서 생기가 사라졌다.

"다른 몬스터를 상대하러 이동하겠습니다."

한 마리의 자연계 몬스터를 사냥했지만 아직도 두 마리의 몬스터가 남아 있었다.

특히 두꺼비같이 생긴 자연계 몬스터가 혀를 이용해 부대원들을 괴롭히고 있었다.

저 혀를 당장 뽑아내 토막을 내고 싶은 사장은 슈트의 다리를 급히 움직여 이동했다.

하지만 그가 제대로 힘을 쓰기도 전에 빛살이 두꺼비의 머리를 관통해 버렸고 싸늘하게 식은 두꺼비의 뒤처리를 해야하는 상황을 맞이했다.

"감사합니다, 이자벨 님."

나머지 한 마리의 자연계 몬스터는 이자벨의 도움 없이 부대원들이 달려들어 해체했다.

두툼한 살덩어리로 변한 자연계 몬스터를 한곳으로 치운 부대원들은 슈트에서 내려 이자벨에게 감사의 인사를 전했다.

"아니다. 너희가 죽는다면 내가 주인님을 볼 면목이 없다."

이자벨은 영리한 뱀파이어였다.

따로 공부를 하지 않아도 능숙하게 한국어를 구사했다.

그녀의 매력적인 모습이 부대원들의 시선을 강탈했지만 그녀는 도도하게 돌아서 장벽 위로 올라가 버렸다.

*　　　*　　　*

"아아아아아아아. 젠장 제발 날 내보내 달라고!"

여기에 갇힌 지 2달이 넘었다. 2달이 흘렀는지 정확하지는 않지만 대충 그 정도의 시간이 흐른 것 같다. 하루를 구분해 줄 태양도 없고 달도 없다. 온종일 밝은 빛이 방 안을 채우고 있었다. 처음 1주일 동안은 무기력감에 샘물도 마시지 않고 멍하니 보내었다.

그러는 동안 배고픔이 찾아왔다. 배고픔이 무기력감보다 강했기에 나는 샘을 향해 기어갔다.

물을 마시는 순간 무기력감이라는 껍질이 벗겨졌다.

무기력감이 벗겨진 것이 좋은 것만은 아니었다.

무기력감이 사라지자 절망이 찾아왔다. 무슨 짓을 해도 이곳을 벗어나지 못하자 두려웠다.

하루 종일 벽을 두드려 봐도 땅을 파보아도 아무런 효과가 없었다.

노력을 해서 이곳을 벗어날 수 있다면 잠도 자지 않고 할 자신이 있다.

하지만 그런 노력을 할 목표가 없었다.

굳이 한 가지 좋은 것이 있다면 기운이 강해지고 있다는 것이다.

여기를 만든 존재가 삶과 시간을 관장하는 제자라고 했던가?

그의 말이 사실인 것 같았다. 여기에 갇혀 아무것도 하지 않고 있었지만 시간이 지날수록 기운이 강해지고 있는 것이 느껴졌다.

이 방 안은 생명의 기운으로 가득 차 있다. 아마 그의 능력일 것이다.

기운이 강해진다고 해서 이곳을 빠져나갈 수 있을까?

그렇지 않을 것이다. 하루에 한 번씩 모든 기운을 끌어내 벽을 때려봤지만 항상 똑같은 반응이었다. 스펀지에 물을 들이붓는 것처럼 벽은 내 기운을 흡수해 버렸다.

이제 포기해야 하는 걸까?

하루가 너무도 길었다. 24시간이 아니라 96시간은 되는 것처럼 느껴진다.

아무것도 하지 않고 시간을 보낸다는 것은 고문이다.

육체적인 고문이 아니라 정신적인 고문.

정신이 메말라 가고 있었다. 생각이 느려지고 있다. 요즘은 혼잣말도 잘 하지 않게 되었다.

메아리조차 들리지 않는 혼잣말을 할 때마다 절망감이 가슴에 상처를 내었다.

지금 포기를 하는 것이 맞는 걸까?

아직 노력해 보지 않은 것이 있을까?

하나가 있다. 다섯 가지 기운에 대한 조화를 이루지 못했다. 3가지 기운을 조화롭게 사용하게 된 순간부터 수련을 잘 하지 않았었다. 굳이 더 수련을 하지 않아도 강하다고 생각되었기 때문에 느슨해진 것이다.

오행의 기운 전부를 조화롭게 사용할 수 있게 된다면 이곳을 빠져나갈 수 있을까?

가능성은 반반이다. 모든 일의 가능성은 크게 본다면 50%이다.

YES or NO.

어떤 결과가 나올지 모르지만 지금 남은 것은 그것뿐이다.

드디어 목표가 생겼다. 이제는 하루가 짧아질 것이다.

이곳을 빠져나가지는 못했지만 한결 마음이 가벼워졌다.

노력할 목표가 생겼기 때문이다. 마음 한편에는 수련이 더 길어졌으면 하는 마음이 생겼다. 만약 모든 수련을 마쳤을 때도 이곳을 빠져나가지 못한다면 지금과는 차원이 다른 절망감이 찾아올 것만 같았기 때문이다.

자연계 몬스터를 포함한 범람이 일어난 지도 1년이 다 되어간다. 이제 슬슬 한계가 보이기 시작했다. 슈트의 숫자는 20대에서 15대로 줄어들었다. 도시에 있는 쇠가 말라 손실된 슈트를 채워줄 수 없었기 때문에 더는 수리가 불가능했다. 아직 15대나 남아 있는 것이 기적이었다.

"이자벨 님, 상황이 좋지 않습니다."

서울이 무너졌다는 소식을 가장 최근에 장벽을 통해 넘어온 생존자가 알려왔다.

이제 한국에 남은 도시는 대구뿐이다.

장벽을 두드리는 몬스터의 수가 기하급수적으로 늘고 있다.

하루에 두 번 오는 몬스터 웨이브가 이제는 불규칙하게 일어나고 있다.

지금도 수십만 마리의 몬스터가 장벽을 두드리고 있었고 급한 불을 끄고 잠시 쉬고 있는 이자벨과 수련생들이었다.

"알고 있어요. 우리들의 힘만으로는 언제까지 버틸 수 있을지 모르겠군요."

추용택이 없는 전투부대를 이끄는 것은 사장이었지만 최근 들어서는 이자벨이 전투부대를 직접 이끌고 있었다. 대구

에 있는, 아니, 한국에 있는 헌터 중에 이자벨보다 강한 존재
는 없었다.

"오늘 밤이 고비입니다."

추수의 어두운 얼굴에 더욱 그늘이 졌다.

지금 모여들고 있는 몬스터들이 밤이 되면 장벽을 향해 돌
진해 올 것이 분명했다.

여기에 모인 사람 중에 추수가 한 말을 모르는 사람은 아무
도 없었다.

굳이 입 밖으로 끄집어내지 않은 것일 뿐이다.

"최대한 버텨봐야겠지. 다른 방법이 없잖아."

사장이 한숨을 크게 내쉬고는 슈트가 보관되어 있는 장소
로 걸어갔다.

이제 짧은 휴식은 끝이 났다. 고작 30분도 쉬지 못했지만
다음 전투를 위해 움직일 시간이 찾아왔다.

15대의 슈트를 입은 헌터들이 움직이는 모습은 위엄이 넘
쳤다. 그 모습을 보고 있는 사람들은 환호성을 질렀다. 그들
이 있기에 자신들이 몬스터로부터 보호를 받고 있다는 사실
을 알고 있었고 그들은 사람들의 마지막 희망이었다.

"가자. 사냥하러."

지금은 몬스터를 사냥한다고 말하고 있지만 내일부터는
자신들이 사냥을 당하는 입장이 될 수도 있다고 생각하는 그
들이었다.

이자벨을 선두로 하여 전투부대원들은 장벽으로 걸어갔다. 하늘은 점점 어둠이 찾아오고 있었다.

"으우우우!"

"저놈의 오우거는 못 먹을 걸 먹었나. 소리가 왜 저래?"

"몬스터가 괜히 몬스터냐. 저러니 몬스터지."

약간의 농담으로 굳은 몸을 푼 부대원들은 장벽 위로 올라섰다.

땅이 보이지 않을 정도로 빽빽하게 서 있는 몬스터의 모습에 다시 기가 꺾이는 그들이다.

"가자. 뭐해, 움직이지 않고. 쫄았냐?"

"아닙니다."

사장이 가장 먼저 장벽에서 뛰어내렸다. 장벽을 두드리고 있는 오우거 한 마리는 육중한 무게를 가진 슈트에 의해 육포가 되어버렸다.

그리고 그 오우거 주변에는 똑같은 모양의 육포가 여러 개 만들어졌다.

"뭘 주워 먹으려고 여기까지 온 건지 모르겠다만, 여기는 빈민 구제소가 아니니까 꺼져라."

사장이 몬스터를 향해 소리쳤다. 몬스터들이 사장의 말을 이해한다고는 생각되지 않는다. 하지만 사장의 옆에 있는 부대원들은 알아들을 수 있었고 눈에서 두려움이 약간이나마 사라졌다.

본격적인 사냥이 시작되었다. 채찍이 사방을 둘러싸고 있는 몬스터를 갈랐고 육중한 덩치를 무기 삼아 몬스터들을 찌그러뜨리기 시작한다. 일반 몬스터는 슈트를 입은 전투부대원을 상대하지 못했다. 한참이나 채찍을 휘두르는 그들 앞에 드디어 자연계 몬스터가 모습을 드러내었다.

영악하게도 전투부대원들이 일반 몬스터를 상대하며 힘이 빠지기를 기다리고 있는 자연계 몬스터였다. 몬스터답지 않게 머리를 쓰는 놈 같았다.

그 몬스터가 가는 방향으로 일반 몬스터들이 갈라졌다. 그 길을 통해 전투부대원들에게 다가가는 몬스터는 한 마리가 아니었다.

다섯 마리의 자연계 몬스터가 동시에 모습을 드러낸 것이다.

"그래, 기다리고 있었다. 어서 와보라고."

사장이 이렇게 소리치는 데는 믿는 구석이 있었기 때문이다.

자연계 몬스터를 손쉽게 상대하는 이자벨이 바로 사장이 가진 생명보험이었다.

화살로 변해 날아가는 그녀의 공격을 막아내는 자연계 몬스터를 본 적이 없었고 지금 그녀는 장벽 위에서 등장 순서를 기다리고 있었다.

자연계 몬스터가 장벽 근처로 다가왔고 이제는 그녀가 등

장할 차례였다.

15대의 슈트가 동시에 움직인다. 그리고 그 중심에서 빛살 하나가 쏘아져 나왔다.

"이자벨 님, 제가 염소 대가리를 가진 놈의 다리를 묶겠습니다."

적을 상대하기 가장 좋은 방법은 우두머리를 한 번에 끝장내는 것이었고 염소 머리를 하고 있는 몬스터가 가장 강한 기운을 내고 있었다.

15명의 수련생이 염소 머리를 한 몬스터를 향해 달려갔다. 시선을 뺏어 이자벨의 공격이 효과적으로 이루어지게 하기 위해서였다.

염소 머리를 한 몬스터의 크기는 고작 오우거만 할 뿐이다. 오우거의 2배에 달하는 크기의 슈트 15대가 동시에 염소 머리 몬스터의 몸을 붙잡았다. 그 순간 빛살이 염소 머리 중앙을 향해 날아들었다.

팅!

이자벨이 날아들며 만든 빛살이 염소 머리를 통과하지 못하고 튕겨져 나왔다.

자신의 머리를 때린 이자벨에 분노한 염소 머리 몬스터가 몸을 흔들어대었고 수백 톤이 넘는 슈트들이 사방으로 날아갔다.

생명보험 증서가 찢겨 나가는 중이다. 사장은 얼른 슈트를

일으켜 세워 방어 자세를 취했지만 염소 머리의 공격을 막을
수 있을지는 의문이 들었다.

"다시 한 번 가겠습니다."

아직 완전히 찢기지 않은 보험을 믿는 수밖에 없다.

15대의 슈트가 다시 몸을 일으켜 세워 염소 머리 몬스터를
향해 달려들었다.

하지만 그 옆을 지키는 자연계 몬스터들이 방해하기 시작
했고 고작 5대의 슈트만이 염소 머리 몬스터 옆으로 갈 수 있
었다.

15대의 슈트로도 염소 머리 몬스터의 움직임을 봉쇄하지
못했었다. 5대의 슈트로는 잠시의 시간을 버는 것도 불가능
해 보였다.

*　　　*　　　*

염소 머리에 달린 두 개의 뿔에서 칙칙한 기운이 뿜어져 나
오고 있었다.

누가 보아도 좋아 보이지 않는 그 기운이 자신의 근처에 있
는 5대의 슈트를 향해 다가갔다.

"사장님, 슈트가 녹고 있습니다."

칙칙한 연기에 슈트가 닿자 조금씩 녹아내리고 있었다. 조
나단이 만든 슈트는 웬만한 열기로는 녹이지 못하지만 이 칙

칙한 기운은 슈트를 부식시키고 있었다.

"그래도 이자벨 님이 공격할 시간을 벌어줘야 한다. 아직은 연기가 슈트 안으로 들어오지 않으니 어떻게든 버텨야 된다."

사장의 다급한 목소리에 뒷걸음질을 칠 준비를 하고 있던 부대원들이 마음을 다잡고 연기를 강하게 뿜어내고 있는 염소를 향해 다가갔다.

"내가 정면을 맡을 테니 사지를 붙잡아!"

사장이 염소의 정면으로 돌진해 가고 나머지 인원들은 염소의 옆으로 살며시 이동했다.

"키야악!"

염소가 소리를 지른다. 자신의 앞을 가로막고 있는 쇳덩어리가 귀찮은 것이다.

염소가 뿔을 무기 삼아 쇳덩어리를 향해 달려간다. 자신의 뿔이 저런 쇳덩어리를 뚫을 수 있다고 자신하는 염소형 몬스터였고 그의 생각은 틀리지 않았다.

사장의 슈트의 양 옆구리에 뿔이 박혀 버렸다.

"사장님!"

염소의 측면으로 이동하던 부대원들이 급히 사장의 곁으로 다가오려고 했다.

"나는 괜찮으니까. 이서 염소의 사지를 잡아."

그들은 사장의 안위가 걱정되긴 했지만 명령에 따라 염소의 다리를 향해 손을 뻗었다.

뿔이 사장의 슈트에 걸린 상태였기 때문에 염소는 다른 부대원들이 자신의 다리를 잡는 것을 막지 못했고 그의 움직임이 멈추어졌다.

"지금입니다, 이자벨 님."

이자벨이 어디에 있는지 알지 못하는 사장이었지만 분명 기회를 노리고 있을 거라고 생각하는 그였고 이자벨은 그의 외침에 호응하며 염소 머리의 뱃가죽을 향해 날아갔다.

그녀의 몸은 화살이 되어 두터운 염소 가죽에 부딪혔고 그녀는 회전력을 살려 염소의 가죽을 뚫기 위해 갖은 힘을 쏟아부었다.

찌이익.

가죽이 뜯어지는 소리가 들려온다. 단단한 머리보다 약한 강도를 가지고 있던 염소의 뱃가죽이 이자벨에 의해 찢어지고 있다.

"크아아악!"

몬스터가 폭주를 한다. 뱃속에 들어가 있는 이자벨이 염소의 내장을 쥐어뜯고 있었고 염소는 그 고통에 몸부림을 쳤다.

염소는 자신의 다리를 붙잡고 있는 부대원들을 질질 끌며 장벽으로 돌진했다.

뿔에 매달려 있는 사장은 저항도 하지 못하고 염소의 뿔에 이끌려 장벽에 몸을 부딪히고 말았다.

쿵.

장벽과 부딪히는 충격으로 슈트의 옆구리가 부서지면서 염소의 뿔에서 해방된 사장은 급히 몸을 굴러 몬스터의 다음 공격을 피해내었다.

마지막 발악으로 보이는 그의 공격은 불규칙적이었고 매서웠다.

한참이나 계속되던 염소의 발악은 이자벨이 그의 등을 통해 튀어나오면서 끝이 났다.

"수고하셨습니다, 이자벨 님."

"모두 피해. 폭발한다."

염소의 움직임이 멈추었기에 이제 한결 편하게 다른 몬스터들을 상대할 생각을 하고 있던 그들에게 이자벨이 급히 소리 질렀다. 부대원들은 무슨 이유인지는 몰라도 다급한 이자벨의 목소리에 따라 염소형 몬스터 주위를 벗어났다.

펑!

염소형 몬스터가 폭발했다. 검은 피가 사방으로 튀었고 그의 뿔이 박혀 있는 장벽에는 금이 가기 시작했다. 가장 많은 에너지가 축적되어 있는 곳이 뿔이었다. 뿔에서 새어 나오는 칙칙한 연기와 폭발로 인해 장벽이 무너지고 있었다.

"안 돼! 장벽이 부서지면 희망이 없다."

부대원들은 급히 장벽이 무너지는 것을 막으려고 했지만 자신들에게 다가오는 네 마리의 자연계 몬스터 때문에 장벽 근처로 갈 수가 없었다.

"슈트를 입지 않은 부대원들은 몬스터들이 구멍을 통해 도시로 들어가지 못하게 막아라."

사장의 외침에 따라 슈트를 입지 않은 500명가량의 부대원이 구멍을 통해 들어오려는 몬스터들을 막았다.

수십만 마리의 몬스터가 장벽을 둘러싸고 있었다. 장벽이 부서지기만을 기다리고 있던 그들에게 지금 생긴 구멍은 희소식이었고 이전과는 다른 움직임으로 구멍을 향해 튀어 나가고 있다.

"모두 막아. 막아야 한다."

네 마리의 자연계 몬스터를 상대하기도 벅찬 그들이었지만 자신들도 모르게 자꾸만 시선이 구멍 난 장벽으로 향하고 있었고 전투는 길어져만 갔다.

"이자벨 님, 부탁드립니다."

지금은 장벽을 신경 쓸 때가 아니라는 것을 잘 알고 있는 사장은 부대원들을 독촉하여 자연계 몬스터들의 움직임을 막는 데 집중시켰고, 빛살로 변한 이자벨이 자연계 몬스터 사이에서 활약을 하고 있었다.

하지만 전투가 길어짐에 따라 불리한 것은 헌터들이었다.

그들의 체력은 무한이 아니었고 점점 지쳐 가고 있다.

세 마리의 자연계 몬스터가 숨을 멈췄지만 부대원들의 상태도 정상은 아니었다.

그리고 가장 힘들어하는 것은 장벽을 지키는 슈트를 입지 않은 전투부대원들이었다.

구멍은 생각보다 크게 뚫렸고 수백 마리의 몬스터가 동시에 구멍을 통해 도시로 들어가려고 하고 있었다. 그들을 막기 위해 500명의 전투부대원이 분전을 하고 있었지만 몬스터의 수는 줄어들지 않고 있었다.

자연계 몬스터를 빨리 사냥하고 그들을 도와야 하는 슈트를 입은 전투부대지만 상황이 좋지 않았다. 공격의 중심이 되고 있는 이자벨도 지친 기색을 숨기지 못하고 있었고 다른 헌터들은 상황이 다르지 않았다.

"세 마리다. 조금만 더 힘을 내자."

가장 강한 자연계 몬스터가 쓰러졌다는 게 그들에게 전해지는 유일한 희소식일 것이다.

가장 선두에 서서 지휘를 하고 있던 사장은 그 누구보다 지쳐 보였고 그를 대신해 추수가 선두에 섰다.

추수는 능숙하게 채찍을 휘둘러 몬스터의 몸을 휘감았고 속박된 몬스터를 향해 5개의 채찍이 동시에 날아들어 왔다. 자연계 몬스터는 채찍에서 몸을 빼내기 위해 발버둥을 쳤지만 두꺼운 쇠로 만든 채찍에서 벗어나기가 쉽지는 않았다.

"대가리가 두 개 달린 오우거의 머리를 뜯어내자!"

몸이 속박된 트윈헤드 오우거를 향해 지친 사장이 달려들어 목 하나를 감싸 안았다.

트윈헤드 오우거의 목 힘은 대단했고 슈트를 입었다고는 하지만 지친 사장이 목을 비틀기는 무리로 보였다.

그를 도와 3명의 부대원들이 달려와 트윈헤드 오우거의 몸을 비틀었고 그제야 트윈헤드 오우거의 목에서 뼈가 부러지는 소리가 들려왔다. 하지만 이대로 죽을 수는 없었는지 트윈헤드 오우거는 오른팔을 붙잡는 슈트의 허리를 끌어안았고 검은 연기에 부식되었던 슈트는 반 토막이 나고 말았다.

"어서 탈출해."

"발이 걸렸습니다."

슈트가 반 토막이 났지만 가슴에 탑승해 있던 부대원이 죽지는 않았다. 하지만 그의 다리가 부서진 슈트에 끼어 탈출이 용이치 않아 보였다.

"잠깐만 기다려라."

사장은 상반신만 남은 슈트로 다가가 부대원의 다리를 붙잡고 있는 슈트의 잔해를 부수어 부대원을 구해내었다.

"이제 두 마리만 남았다."

자연계 몬스터가 두 마리로 줄었지만 온전히 움직이는 슈트는 이제 10대뿐이었다.

"모두 마지막 힘을 짜내라. 두 마리밖에 남지 않은 몬스터에게 당한다면 루카라스 님이 우리를 비웃을 것이다."

사장이 언급한 루카라스라는 단어가 부대원들의 사기를 끌어 올렸다.

자신들의 스승과 다름없는 이름이자 분노의 대상인 루카라스.

그의 이름이 들려오자 부대원들은 악을 쓰며 몬스터를 향해 달려들었다.

자연계 몬스터와 슈트가 얽히고설켰다. 서로의 몸을 붙잡고 늘어진다.

서로에게 치명상을 입힐 능력이 되지 않아 진흙탕 싸움으로 변해가고 있다.

자연계 몬스터의 마지막 숨결을 끊은 것은 하얀 빛살이었다.

이자벨이 슈트 사이를 비집고 들어가 자연계 몬스터의 가슴팍을 헤집어놓았고 드디어 자연계 몬스터 모두가 싸늘한 시체가 되어 바닥을 뒹굴었다.

"움직일 수 있는 슈트는 몇 대나 되는 건가?"

"7대만이 움직일 수 있습니다."

"모두 쓰러진 슈트를 들쳐 메고 구멍을 메워라."

8대의 슈트라면 구멍을 임시로 막을 수 있다고 생각한 사장은 부대원들과 함께 슈트를 옮기기 시작했다. 모든 헌터가 지쳤다. 약간이라도 쉴 시간을 만들어야 했지만 구멍이 메꿔지지 않는다면 그런 시간을 만드는 것이 불가능했다.

슈트의 무게가 무거운 것은 몬스터를 상대할 때는 좋은 장점이었지만 지금 같은 상황에서는 부대원들을 힘들게 하고 있었다.

"몬스터를 밀어내겠습니다."

구멍을 메우기 위해서는 몬스터들을 장벽 근처에서 밀어내야 하고 그 역할에 추수가 자진해서 나섰다. 추수가 휘두르는 채찍이 몬스터를 때렸다.

온전한 상태였다면 한 번의 채찍질로 수십 마리의 몬스터의 몸이 터져 나가야 한다.

하지만 지금은 밀어내는 것이 고작이었다.

"지금입니다."

추수가 만들어준 시간을 낭비해서는 안 된다. 사장과 5명의 부대원은 급히 부서진 슈트로 구멍을 막기 시작했다.

"틈이 너무 큽니다."

슈트로 구멍을 대충 막을 수는 있었지만 중간중간 틈새가 보였다.

그 틈새는 몬스터가 충분히 빠져나올 정도였다.

"내가 막아 보겠네."

조나단이다. 그가 장벽으로 뛰어가고 있었다. 그는 급히 슈트에 다가가 자신의 능력을 개방했다. 슈트가 녹아내려 하나의 쇠문으로 변하고 있다.

틈이 메워지고 있는 것이다.

"아직 끝 부분이 메워지지 않았습니다."

쇠가 부족하다. 슈트를 녹여 틈새를 막을 수는 있었지만 그

양이 구멍을 완전히 막기에는 부족했다. 더는 부서진 슈트도 없었고 슈트를 대신할 쇳덩어리도 없었다.

10m는 될 법한 구멍을 막을 방법이 사장의 머리에서 생각 나지 않고 있었다.

"제가 막아볼게요."

아직 젖살도 빠지지 않은 꼬마아이 한 명이 인파를 비집고 장벽으로 다가간다.

수련생들의 교관인 추용택의 동생인 형식이가 조나단의 옆으로 달려가고 있다.

형식이는 땅의 정령을 소환해 구멍에 바위를 솟아나게 하고 있었다.

그의 몸에서 땀이 주르륵 흐르고 있다. 이 정도로 강한 힘을 사용하는 것이 처음인 것 같아 보였다. 하지만 형식이는 포기하지 않고 구멍이 완전히 메워질 때까지 힘을 퍼부었고 구멍이 완전히 메워졌다.

형식이는 완전히 막힌 장벽을 보고 만족스러운 미소를 짓고는 조나단의 품에 안겨 쓰러졌다.

장벽이 막히자 몬스터들이 물러가기 시작한다. 자신들을 이끌던 자연계 몬스터가 죽은 지금 그들은 더는 장벽을 두드릴 생각을 하지 못하고 있는 것이었다.

"드디어 끝났다."

"우와와와!"

몬스터와의 전투를 막아낸 부대원들과 사람들은 환호성을
질렀다.

하지만 환호성은 오래가지 못했다. 이번이 끝이 아니라는
걸 알고 있었기 때문이다.

이자벨은 조나단에게 형식이를 받아 자신의 품에 안았다.

"수고했어."

이자벨의 옆에 서 있던 사장이 형식이의 머릿결을 만져 주
며 어린 영웅을 칭찬했다.

움직일 수 있는 슈트는 7대였지만 그마저도 온전치 않았
다. 조나단은 장벽을 막으며 많은 힘을 소진했지만 쉬지 않고
슈트를 수리했고 헌터들은 잠시라도 쉬기 위해 숙소로 돌아
가 잠을 청했다.

*   *   *

1년이 걸렸다. 오행의 기운을 완전히 합성하는 데 걸린 시
간이 1년이다.

하루도 쉬지 않고, 아니, 한 시간도 제대로 쉬지 않고 수련
에 몰두했다.

이제 오행의 기운을 완전히 합성할 수 있다.

나를 막고 있는 벽을 부술 마지막 방법을 사용할 차례다.

1년이나 기다려 왔기에 급하게 움직일 생각은 없었다.

배가 고프지는 않았지만 괜히 샘물을 떠 마시고 몸을 풀었다.

근육들이 완전히 풀릴 때까지 충분히 몸을 움직였다.

몸이 충분히 따듯해졌고 기운들이 활발하게 몸을 떠다닌다.

이제는 해야 한다. 실패할 수도 있다는 두려움이 나를 머뭇거리게 하고 있지만 언제까지 미룰 수는 없는 일이다.

지금은 실패할 수도 있다는 생각을 해서는 안 된다. 무조건 이 방을 빠져나갈 수 있다는 생각만 하기에도 부족하다.

천천히 눈을 감았다. 조심스레 손을 가슴 부근으로 올렸고 힘을 자랑하고 싶어 하는 기운들을 끄집어내었다. 불의 기운이 가장 먼저 반응을 보인다. 가장 공격적인 기운이었기에 가장 먼저 튀어나온 것이다. 불의 기운 위에 바람의 기운이 더해져 불길을 키운다. 땅의 기운과 쇠의 기운이 불길의 외벽을 단단하게 만들었고 물의 기운이 힘을 더했다.

내가 만들어낸 성과라고는 생각되지 않을 정도로 엄청난 기운을 뿜어내고 있다.

몸속에 있는 모든 기운이 손 밖으로 빠져나왔다.

이 정도 기운이라면 도시 하나를 파괴할 수도 있다는 생각이 들었다.

이제 기운의 결정체를 벽으로 던지기만 하면 된다.

꿀꺽.

마른침이 목구멍을 통해 넘어간다. 긴장감에 심장이 요동친다.

"이제 끝이다. 제발 좀 부서져라."

기운의 결정체를 벽을 향해 던졌다. 결과를 볼 용기가 생기지 않아 두 눈을 꼭 감았다.

펑 소리를 내며 벽이 부서지기만을 기도했다.

쉬~ 우우…….

공기가 빠지는 소리가 들려온다. 기대했던 폭발음은 들리지 않았다.

"젠장, 어쩌란 말이야. 나는 할 수 있는 것은 전부 다 했다고!"

마른 얼굴에 눈물이 흘러내린다. 너무도 억울했다.

1년 동안의 노력이 물거품으로 돌아갔다.

이제는 다른 무언가를 할 마음이 들지 않았다. 숨조차 쉬고 싶지 않았다.

바닥에 누워 몸을 돌고 있는 기운을 막았다. 기운은 벽에 막히자 날뛰기 시작한다.

기운이 폭주하고 있는 것이다. 기운의 폭주를 잠재우지 않는다면 몸이 폭발할 것이다.

나는 그러기를 원했다. 죽고 싶다. 아무런 희망도 없는 이곳에서 살고 싶은 마음이 없다.

*　　　*　　　*

죽는 것이 어려울까? 그렇지 않다. 몸을 돌고 있는 기운을 5분만 억제한다면 기운은 폭주하고 나는 죽을 것이다. 이미 5분이 흘렀다. 기운이 역류하기 시작한다. 혈관이 터질 듯이 팽창한다. 피가 흐른다. 흐를 수 있는 구멍이라는 모든 구멍으로 피가 흐른다.

"으아아아아!"

죽고 싶은 마음은 있었지만 이렇게 고통스럽게 죽고 싶지는 않다. 이기적인 생각일지 몰라도 고통은 싫었다. 하지만 이미 기운의 폭주를 막기에는 늦었다. 이 고통이 끝나기만을 기다려야 한다. 고통이 끝나면 나의 목숨도 끝이 날 것이다.

몸속에서 용암이 터진다. 마그마가 쏟아지고 자욱한 연기가 몸 안을 가득 채운다.

폭발이 계속해서 일어난다. 피부가 벗겨지고 온몸이 붉게 물들었다.

"제발 죽여줘."

고통이 끝이 나지를 않는다. 그렇게 긴 시간이 흐른 것 같지는 않지만 1초가 너무도 길게 느껴진다.

점점 의식의 끈이 흐려지기 시작한다. 드디어 원하던 죽음이 찾아오고 있는 것이다.

고통의 종말을 알릴 죽음이 빨리 다가오기만을 원했다.

몸에서 검은 기운이 일렁거린다. 그 기운이 폭주하고 있는 기운을 먹어치우고 있다.

"안 돼! 날 죽게 내버려 두란 말이야!"

검은 기운. 블라디미르에게서 흡수했던 죽음의 기운이 오행의 기운을 먹어치우고 있었고 기운의 폭주가 잠잠해지기 시작한다. 폭주가 멈추자 몸은 빠르게 재생되고 있었다.

몸 안에서는 죽음의 기운 말고는 다른 기운이 하나도 느껴지지 않는다.

바람의 칼날을 만들기 위해 노력했던 바람의 기운도, 장벽을 세우기 위해 사용했던 땅의 기운도 모조리 죽음의 기운에게 잠식되었다.

벗겨진 피부는 정상으로 돌아왔고 흐르는 피도 응고되어 더는 흐르지 않고 있다.

고통은 느껴지지 않는다. 하지만 내가 원하던 죽음을 맞이하지 못했다.

"죽는 것도 마음대로 하지 못한다니."

기운을 잃어버린 이상 쉽게 죽을 수는 없다. 기운을 폭주하여 죽는 것이 가장 짧고 빠르게 죽을 수 있는 방법이라고 생각했었다.

"모르겠다. 일단 한숨 자고 생각하자."

방금 전까지 죽고 싶다고 발버둥 쳤던 나였기에 피곤이 좀 더 빨리 찾아왔다. 1년 동안 제대로 휴식을 취하지 못했기에 금방 잠에 빠져들었다.

"아직도 여기인가?"

잠에서 깨어났지만 변한 것은 아무것도 없었다. 하얀 벽들로 막혀 있는 방과 방 중심에서 끊임없이 물을 만들어내는 샘 하나.

몸에는 이전과 같은 힘이 생겨나지 않고 있었다. 오로지 검고 칙칙한 죽음의 기운이 몸을 잠식하고 있다.

죽음의 향기를 빨아들여 힘을 키우는 죽음의 기운이 지금 상황에서는 전혀 필요가 없다.

나를 제외한 다른 생물이 하나도 없다. 여기서 죽음의 향기를 맡을 방법도 없었다.

너무 오래 누워 있었나? 허리가 뻐근했다. 다리에 피가 잘 통하지 않는 느낌에 자리에서 일어났다.

휘청~

중심이 제대로 잡히지 않는다. 몸을 가득 채우던 기운이 사라졌기에 다리가 적응을 하지 못하고 있는 것이다. 나는 다리에 힘이 풀려 꼴사납게 넘어졌고 손이 허우적거린다.

허우적거리는 손이 하얀 벽과 부딪혔다.

퍽.

스펀지 같은 하얀 벽에 손이 부딪혔다.

"퍽?"

어떤 기운을 쏟아부어도 공기 빠지는 소리를 내던 벽이 다른 소리를 내었다

"뭐지 왜 이런 소리가 난 거지?"

정신이 번쩍 들었다. 들 수밖에 없는 상황이다. 1년을 고생해도 아무런 성과를 볼 수 없었던 벽에 대한 실마리가 약간이나마 풀리고 있는 중이다.

하얀 벽을 다시 한 번 주먹으로 쳐 보았다.

퍽!

벽을 때리는 느낌이 든다. 주먹에 죽음의 기운을 담아 다시 벽을 때려보았다.

전보다 더 강한 타격감이 울린다.

머리는 빠르게 회전했고 하나의 가설을 세웠다.

생명의 기운으로 만든 이 하얀 벽이 죽음의 기운은 흡수하지 못한다는 가설을.

내가 세운 가설이 사실이라면 이 벽을 부술 수 있다. 아니, 흡수할 수 있다.

죽음의 향기는 곧 살아 있는 생물의 생기를 흡수하는 것과 다르지 않았다.

이 방 안은 생기로 가득 차 있다. 벽도 생명력으로 만들었고 샘물 또한 생명력으로 만든 것이다. 죽음의 기운이 가장 좋아하는 생명력으로 말이다.

죽음의 기운을 어떻게 사용하는지는 잘 모르지만 본능적으

로 죽음의 기운을 몸 밖으로 뿜어내었다. 몸에서 검은 아지랑이가 피어오른다. 블라디미르가 그랬던 것처럼 검은 아지랑이가 몸 주변을 일렁거린다. 가만히 손을 들어 벽에 가져다 대었고 아지랑이는 벽을 타고 흐르기 시작한다. 손 주변에서 시작된 아지랑이는 벽을 타고 계속해서 흘렀고 순식간에 50평 남짓한 방 가득 채워졌다. 샘물도 예외는 아니었다.

죽음의 기운은 샘물의 물도 검게 물들었다. 방 안의 모든 것이 검게 물들자 지금이 아지랑이를 몸 안으로 불러들일 순간이라는 걸 알았다.

죽음의 기운이 몸 안으로 빨려들어 온다.

처음 뱀파이어의 순혈을 흡수하고 오크의 피를 흡수하던 기억이 떠오른다.

알지 못하는 희열이 온몸을 감싸 안았고 온몸이 부르르 떨려왔었다.

죽음의 기운을 이용해 흡수하는 생명의 힘은 그때와 차원이 다른 희열을 준다.

블라디미르가 왜 세계 전쟁을 일으키면서까지 생명력을 흡수하려고 했는지 이해가 갔다.

마약이 주는 쾌락이 세상 모든 일보다 강한 쾌락을 느끼게 한다고 알고 있었다.

하지만 마약도 지금 내가 느끼는 쾌락의 백분의 일도 되지 않을 것이다.

저절로 숨이 가빠온다. 숨이 막혀서 그런 것이 아니었다.

온몸으로 파고드는 쾌락에 나도 모르게 입이 벌어지고 거친 숨을 내뱉는 것이다.

방 안을 가득 채우던 검은 아지랑이가 이제는 보이지 않는다. 모두 몸 안으로 들어왔다.

아쉬움에 짜증이 났다. 쾌락을 더 느끼고 싶다.

쾌락의 중독성에 머리가 마비되고 있는 지금 죽음의 기운이 오행의 기운을 뱉어내었다.

충만한 생명의 기운을 흡수한 지금 오행의 기운은 불순물일 뿐이었다.

오행의 기운이 다시 몸 안에서 회전을 하자 머리가 맑아지기 시작했다.

쾌락에 미쳐 제대로 돌아가지 않던 머리가 정상적으로 돌아오고 있었다.

하지만 중독성을 완전히 떨쳐 내지는 못했다.

"담배도 끊었던 나니까 죽음의 향기도 끊을 수 있을 거야."

담배와는 차원이 다른 중독성을 가지고 있는 죽음의 향기지만 끊어야만 한다.

만약 한 번 더 죽음의 향기를 맡게 된다면 미쳐 버릴지도 몰랐다.

그만큼 중독성이 강했다. 블라디미르가 되고 싶지 않다면 죽음의 향기를 끊어야 한다.

죽음의 기운과 오행의 기운이 몸을 충만하게 채운 뒤 힘이 돌아왔고 이제야 주변을 돌아볼 수 있었다.

고개를 사방으로 돌려 확인했다.

하얗지만 투명하지는 않았던 벽이 유리처럼 변해 있다. 손만 살짝 가져다 대어도 부서질 것만 같았다.

부서지려나?

손가락을 가볍게 튕겨 유리처럼 변한 벽을 때렸다.

쩌억.

벽에 금이 간다. 한 줄의 금이 순식간에 수천 개의 금으로 변했고 1년 동안 나를 가두던 벽이 사라졌다.

생명의 수호자를 만났던 그곳이다. 넓은 동굴이 시야에 들어왔다.

급히 기운을 끌어 올려 생명의 수호자를 찾았지만 그의 기운이 느껴지지 않았다.

어디 간 건가?

다행이다. 아직은 그와 상대해서 이길 자신이 없었다.

죽음의 기운을 활용한다면 그와 대적할 수는 있겠지만 그렇다고 해서 이긴다고 장담할 수는 없었다. 다시 방 안에 갇히는 경험은 하고 싶지 않았다. 목걸이를 매만져 마을로 이동했다.

"크아아아아!"

마을에 도착하자마자 들려오는 몬스터의 울음소리.

몬스터 범람이 다시 일어난 건가?

도시 주변에 수십만 마리의 몬스터의 기운이 느껴졌다.

자연계 몬스터의 기운도 느껴진다. 한 마리가 아니다. 최소 다섯 마리 이상의 자연계 몬스터가 도시 주변을 돌아다니고 있다.

어떻게 된 거지? 이렇게 많은 수의 몬스터 범람이 일어난 적은 없었잖아.

지금은 이런 생각을 할 때가 아니다. 수련생들의 기운이 장벽 밖에서 느껴지고 있다.

전투가 한창 진행되고 있는 것이다.

급히 전투가 벌어지고 있는 장벽으로 날아갔다. 이전보다 충만해진 기운 덕분에 순식간에 장벽으로 도착할 수 있었고 치열한 전투를 벌이고 있는 수련생들의 모습을 볼 수 있었다.

"저건 슈트잖아. 슈트를 저렇게 많이 만들었네."

5대의 슈트가 자연계 몬스터들과 치열하게 전투를 벌이고 있었다.

슈트의 능력을 직접 경험해 봤기에 얼마나 강한 힘을 내는지는 알고 있었지만 지금은 그들의 상황이 좋아 보이지 않았다.

금방이라도 쓰러질 것같이 휘청거리고 있다.

"다들 물러서세요."

수련생들은 내 목소리를 듣고는 손을 놓고 뒤를 돌아봐 나의 모습을 확인했다.

"교관님!"

"용택아!"

"주인님!"

추수와 사장 그리고 이자벨이 동시에 나를 불렀다. 1년 만에 보는 그들의 모습이 너무 반가웠다. 당장에라도 달려가 인사를 하고 싶었지만 지금은 몬스터를 사냥하는 것이 우선이다.

다수의 몬스터를 상대하기에 가장 좋은 방법은 파도를 만들어 쓸어내 버리는 것이다.

수련생 앞에서부터 파도가 생기기 시작한다. 일반적인 파도와 다를 바 없는 모습과는 달리 연기가 피어오르고 있다. 쇠도 녹일 정도로 뜨거운 파도가 몬스터를 덮쳤다.

몬스터들은 갑작스레 나타난 파도에 어리둥절하다 온몸에 화상을 입고 쓸려 나갔다.

고작 몇천 마리의 몬스터만을 쓸어버렸을 뿐이다. 그래도 약간의 여유가 생겼다.

파도에 쓸려 나가지 않은 자연계 몬스터들이 빨갛게 부어오른 다리를 매만지며 분노하고 있었다. 3가지의 기운이 합성된 바람의 칼날을 자연계 몬스터의 머리를 향해 날렸다.

톱니바퀴처럼 생긴 바람의 칼날은 강한 회전력으로 몬스

터의 머리를 뚫고 지나갔다.

뼈가 부러지는 소리가 상쾌하게 들려왔다.

아직도 네 마리의 자연계 몬스터가 남아 있다.

"용택아, 왜 이렇게 늦게 왔어."

몬스터들이 쓸려 나가 할 일을 잃은 사장이 나에게 타박을 했다.

"저도 놀다가 온 게 아니라구요. 일단 몬스터를 상대하고 얘기해 드릴게요."

바위 하나를 하늘 높이 띄워 올렸고 그 바위에 쇠의 기운과 불의 기운을 더했다.

쾅!

바위가 바람의 기운을 타고 엄청난 속도로 자연계 몬스터에게로 떨어졌고 몬스터의 머리는 터져 나가 더러운 액체를 뿜어내었다.

이 방식이 통한다는 것을 확인했다.

바위 3개를 하늘 위로 올려 보냈고 전과 같이 쇠의 기운과 불의 기운을 더해 떨어뜨렸다.

마치 운석이 떨어지는 것 같은 장면이 연출되었고 세 마리의 자연계 몬스터의 머리가 운석에 맞아 비명횡사를 했다.

"이제 일반 몬스터만 정리하면 될 것 같습니다. 조금 위험할 수도 있으니 장벽 안으로 들어가 계세요."

사장과 수련생들을 향해 가볍게 웃어 보였고 그들은 장벽 위로 올라가 나를 지켜보고 있었다. 내가 위험한 상황에 빠지면 언제라도 움직일 듯이 몸을 들썩이고 있는 수련생들이었다.

괜한 걱정을 하고 있네.

1년 동안 하루도 빠짐없이 수련을 했다고.

반 강제적인 수련이긴 했지만 1년 전과는 비교도 하지 못할 정도로 기운이 강해졌다.

현재 보이는 몬스터의 수는 10만이 넘어 보였다.

도시 주변에는 이보다 배는 많은 숫자의 몬스터가 있긴 했지만 지금 눈앞에 보이는 몬스터들만 사냥한다면 도시 안으로 돌아가 오랫동안 보지 못했던 사람들과 대화를 할 시간은 충분히 벌 수 있었다.

입이 근질거린다. 1년 동안 대화 상대 없이 혼잣말만을 했다. 지금은 누구라도 상관없으니 빨리 말을 하고 싶었다. 그러기 위해서는 몬스터를 최대한 빨리 사냥해야 한다.

기운을 한 번에 많이 소진하더라도 단번에 몬스터들을 사냥해야겠다는 마음이 들었다.

땅 밑에 숨어 있는 수맥을 찾아 터뜨렸다. 물의 기운을 이용하는 것보다 이미 있는 수맥을 활용하는 것이 더욱 강한 효과를 낼 수 있다.

근처에 강이나 호수가 있었다면 더 좋았겠지만 지금은 수맥만으로도 충분했다.

수맥이 터져 올라 땅을 질퍽하게 만들었다. 질퍽한 땅에 몬스터들의 발이 묶이기 시작한다.

몬스터들은 몸이 땅에 빨려들지 않게 거칠게 움직였지만 그럴수록 빠르게 땅에 묻히고 있었다.

나는 바닥에 있는 자갈을 모두 들어 올렸다.

수만 개의 자갈이 하늘에 떠 있는 별처럼 반짝인다.

유성우가 떨어지는 것을 본적이 있었다. 검은 하늘을 수놓는 유성우는 매우 아름다웠었기에 기억에 남아 있었다. 지금 떨어지는 유성우들도 몬스터의 기억 속에 그렇게 남을까?

수만 개의 유성우가 몬스터들을 향해 떨어진다. 강한 바람을 동반한 유성우의 폭격을 받은 몬스터들의 머리와 몸은 터져 나갔다.

한 번으로는 부족하구나.

몬스터들의 몸에 박힌 자갈들을 다시 들어 올려 떨어뜨렸다.

파바바박!

우박이 떨어져 비닐하우스를 찢는 것처럼 몬스터들의 몸이 찢겨 나갔다.

10만 마리의 몬스터의 무덤이 생겼다.

무덤에 묵념을 할 정도로 친한 사이는 아니었지만 가볍게 고개를 숙여 무덤에 인사를 하고는 장벽 위로 뛰어 올라갔다.

그곳에는 나를 기다리고 있는 수련생들이 눈물을 글썽거

리고 있었고 나는 환하게 웃으며 그들에게로 뛰어가 끌어안았다.

*　　　*　　　*

여전히 도시 주변에 몬스터들이 들끓고 있긴 했지만 가장 많은 몬스터들이 밀집해 있던 장소를 청소했기 때문에 약간의 여유가 생겼다.

상처가 가득한 몸과 흉터로 얼룩진 얼굴을 하고 있는 수련생들을 보자니 가슴이 아파왔다.

"이 흉터는 다 뭐예요? 제대로 수련 안 해서 그런 겁니다. 루카라스 님한테 다 말할 거예요."

"할 말이 있고 안 할 말이 있는 거야. 지금 네가 뱉은 말은 후자에 속하는 거고. 그리고 말이야 바른 말이지 우리가 얼마나 열심히 싸웠는데. 이자벨 님, 그렇죠?"

사장의 옆에서 웃고 있던 이자벨이 고개를 끄덕였다.

"몬스터 범람이 언제 일어난 겁니까?"

"네가 사라지고 2달이 지나지 않아 몬스터 범람이 다시 일어났다. 너 어디서 뭐하고 다닌 거야? 얼굴은 좋아 보이는데. 혼자 좋은 데 가서 놀고먹은 거 아냐?"

죽을 고비를 넘기고 온 사람한테 놀고먹다 온 거라니.

나는 버럭 하며 사장의 말을 받아쳤다.

"모르면 말을 마세요. 저도 죽을 뻔했다고요. 겨우 살아 돌아온 사람한테 너무하십니다."

내가 사라지고 2달 후 몬스터 범람이 다시 일어났다. 그리고 동굴 안에 있어야 할 제자가 사라졌다면 답은 뻔했다. 제자들이 동면에서 깨어난 것이다. 몇 명의 제자가 이 범람을 일으킨 건지는 몰라도 절대 개인이 저지른 소행이 아닌 것만은 분명했다.

"다른 곳의 사정은 어떻습니까?"

"다른 곳이라고 하면 어디? 서울? 서울은 이미 쑥대밭으로 변한 지 오래다. 헌터 협회에서 보내오던 정보지도 7개월 전부터 끊어져서 정보를 알 방법이 없어."

서울까지 쑥대밭이 되었다면 다른 나라도 심각한 상황에 빠져 있을 것이 분명했다.

가장 먼저 떠오른 사람들은 일본에 있는 2기 수련생들이었다.

서울이 붕괴될 정도의 몬스터 범람이 일어났다면 그들도 무사하지는 못할 것이다.

지금은 텔레포트를 할 수가 없었기에 내일 그들의 안위를 확인해 봐야 했다.

전장을 지키고 있는 수련생들의 숫자가 많이 줄어 있었다.

얼마나 치열한 전투를 계속했는지 충분히 알 수 있었다. 성한 몸을 하고 있는 수련생은 한 명도 없었고 신체의 일부를 잃은 수련생도 여럿이었다.

그들을 보고 있자니 가슴이 아려왔다. 사장을 바라보며 어렵게 입을 떼며 생존자 수를 물어보았다.

"얼마나 살아남았습니까?"

"도시 안에 살고 있는 시민 중에는 다친 사람 한 명 없다."

자부심이 느껴지는 사장의 말이다. 시민들이 한 명도 다치지 않았다는 것은 사장을 비롯한 전투부대원들이 장벽을 사수했다는 말이었다.

최소 수십만 마리의 몬스터로부터 장벽을 지켜낸 그들이다. 어찌 자랑스럽지 않을 수가 있겠는가.

"고생하셨습니다. 그러면 수련생 중에서는……."

차마 말을 끝맺음 짓지 못했지만 사장은 내가 하고자 하는 말이 무엇인지 알아챘고 급격히 표정이 굳었다.

"100명이 이번 범람으로 전사했다."

300명이 조금 넘어 보이는 전투부대원들이 여기에 있다. 나머지 100명의 수련생은 아마 치료를 받고 있을 것이다. 여기 있는 부대원들 모두 자잘한 상처를 달고 있었다. 그러니 치료를 받고 있는 부대원들이 얼마나 심한 상처를 입었는지 상상이 갔다.

"다른 부대원들은 치료를 받고 있는 겁니까?"

"그렇지. 일단 임시로 세운 치료소에서 치료를 받고 있긴 한데. 심각한 애들이 많아. 제대로 된 의약품도 없고 의사는 터무니없이 부족하고 상황이 그렇게 좋지가 않다."

"치료소가 어딥니까? 당장 그리로 가죠."

치료소 입구에 도착하자 문틈 사이로 새어 나오는 신음 소리에 눈물이 왈칵 쏟아질 것만 같았다.

"상황이 생각보다 심각하지? 그래도 정신력 하나만은 대단한 놈들이다."

사지 중 하나가 잘려 나간 수련생이 대부분이었다. 그들은 제대로 치료도 받지 못했고 진통제가 부족했기 때문에 정신력으로 고통을 견뎌내고 있었다.

"잠시만 기다려 주세요."

급히 기운을 끌어 올렸다. 내가 가진 치료의 능력이 얼마나 효과적일지는 몰라도 지금보다는 나은 상황을 만들 수 있을 것 같았다.

내가 낼 수 있는 최대한의 기운을 끌어 올려 치료소 내부를 청량한 기운으로 가득 채웠다.

손에는 치료의 물방울을 만들어 신음을 내고 있는 수련생들의 상처 부위를 닦아주었다.

"젠장. 완전히 재생은 되지 않네."

"그래도 이게 어디야. 더는 신음을 지르는 수련생이 없잖아."

치료를 받은 그들의 상처가 아물어 더는 피가 흐르지 않았다.

잘린 사지가 재생은 되지 않았지만 더는 고통이 느껴지지는 않을 것이다.

이번 치료를 위해 사용한 기운이 10만 마리의 몬스터를 사냥할 때 사용한 기운보다 많았다. 확실히 생명을 죽이는 것보다 살리는 것이 더 힘든 일이었다.

편안한 얼굴을 하고 잠이 든 수련생들을 방해하고 싶지 않았기에 사장과 나는 치료소를 조용히 빠져나왔다.

"근데 슈트를 5대나 만들었네요. 조금만 더 있었어도 상황이 지금보다는 좋았을 건데. 아쉽네요."

"뭘 좀 알고 말해라. 지금이야 5대밖에 남지 않았지만 초창기만 해도 20대의 슈트가 있었다. 조나단 그 사람이 얼마나 고생했는데. 잠도 자지 않고 슈트를 만들어내었다고. 지금이야 도시에 남은 쇠가 없어서 슈트를 만들지 못하고 있지만 그가 만든 슈트가 없었다면 진작에 장벽은 무너지고 말았을 거야."

"20대의 슈트요? 대단하네요."

20대의 슈트를 상상만 해도 엄청난 그림이 그려졌다. 그런 20대의 슈트로도 막지 못한 몬스터 웨이브라니. 상황이 얼마나 심각했었는지 알 수 있었다.

"도시에 쇠가 말랐어요?"

"그래. 더는 슈트를 만들 쇠가 없다. 장벽에 구멍이 나서 그걸 메꾼다고 슈트를 사용하기도 했고."

"그래요? 거기가 어디예요? 제가 왔으니 그 부분을 파내고 다시 장벽을 만들면 몇 대의 슈트를 더 만들 수 있겠네요."

"그렇네. 내가 안내할게. 빨리 따라와라."

지나가던 수련생 한 명에게 조나단을 장벽으로 데리고 오게 시키고는 장벽으로 이동했다. 그곳에는 쇠로 덧댄 장벽이 주변과 어울리지 않은 모습을 하고 있었다.

대충 쇠를 떼어낸다면 장벽 전체가 부서질 우려가 있어 조나단이 오기를 기다렸다. 조나단은 곧 신 교수와 형식이를 데리고 장벽에 도착했다.

"고생이 많았네. 고생이 많았어."

신 교수는 내가 어디서 무엇을 한지도 몰랐지만 대뜸 고생했다면서 나의 등을 어루만져 주었다. 등에서 느껴지는 그의 손이 너무도 따뜻했다.

"아닙니다. 저보다 장벽을 지킨 사람들이 고생이었죠."

한참이나 서로 따뜻한 눈빛을 나누던 우리의 모습이 샘이 났는지 형식이가 내 발을 툭 찼다.

"어디 갔다가 이제 왔어? 난 형이 죽은 줄 알았다고."

1년 사이에 부쩍 키가 큰 형식이는 변성기가 왔는지 목소리가 컬컬했다.

"미안하다. 형이 늦었지?"

형식이의 머리를 헝클어놓고는 신 교수에게 장벽 보수 작업에 대해 말했다.

"구멍을 막은 쇠를 녹여달라고 조나단에게 말 좀 전해주세요."

"이제 저 쇠를 때어낼 생각인가? 그러면 새로운 슈트를 만들 수 있겠군."

조나단이 능숙한 한국어 실력을 뽐내며 말했다.

확실히 똑똑한 사람이었다. 슈트를 만들 정도로 머리가 좋은 사람이었으니 언어도 금방 배운 거겠지.

"네, 그렇습니다. 장벽의 보수에 쇠는 필요 없습니다."

조나단은 장벽으로 다가가 쇠를 녹이기 시작했고 쇳물은 그의 몸으로 흡수되어 들어갔다.

쇠가 없어지자 터널같이 큰 구멍이 장벽에 생겨났다.

"저기 바위는 뭐죠?"

내가 만든 장벽이 아닌 바위가 구멍 한편에 자리 잡고 있었다.

"저거 내가 만든 바위야. 누렁이가 바위를 땅에서 끌어 올렸어."

형식이는 자랑스럽게 누렁이를 소환했는데 내 기운이 강해져서인지 아니면 누렁이가 강해져서인지 누렁이의 모습이 선명하게 보였다.

"수고했어, 누렁아."

누런 솜뭉치가 통통 튀며 돌아다니고 있었고 형식이는 솜뭉치를 가볍게 쓰다듬었다.

"용택아, 빨리 구멍을 안 막으면 몬스터들이 들어올지도 모른다."

장벽에 구멍이 생겼다는 것을 발견한 소수의 몬스터가 구멍에 기웃거리기 시작했다.

급히 땅의 기운을 끌어 올려 새로운 장벽을 만들어내기 시작했다.

더욱 강해진 기운 덕에 이번에 만든 장벽은 전보다 더욱 강한 강도를 자랑했다.

"오늘은 좀 쉬어야겠네요. 정말 손가락 하나 꼼짝할 힘도 없어요."

도시에 도착하자마자 너무 많은 일을 했다.

몸속의 기운이 텅 비어 버렸다. 정말 지금은 푹신한 침대만이 생각날 뿐이었다.

"그래, 수고했다. 오늘은 몬스터가 공격해 오지 않을 것 같으니 좀 쉬고 내일부터 본격적인 사냥에 들어가자."

급한 불은 모두 껐다. 이제는 그리운 집으로 돌아갈 시간이었다.

나는 형식이를 목마 태워 집으로 향했는데 집 밖으로 동생들이 미리 나와 우리를 기다리고 있었다. 반갑게 동생들과 카린에게 인사를 하고는 샤워를 하러 욕실에 들어갔다.

욕실에 들어가는 순간 전과 같이 카린이 등을 밀어주겠다

고 들어오는 참사가 생길 것만 같아 급히 문을 잠그고 샤워를
마쳤다.

샤워를 마치고 방에 들어오니 아니나 다를까 이자벨과 카
린이 나를 기다리고 있었다.

"안마를 해드리겠습니다."

"아닙니다, 주인님. 제가 해드릴 테니 여기 누우세요."

모르겠다. 그녀들이 싸우든지 말든지 어서 침대에 눕고 싶
을 뿐이다.

그녀들 사이로 비집고 들어가 침대에 몸을 뉘였고 그녀들
의 따듯한 손길이 느껴졌다.

근육이 풀리는 기분에 사르르 눈이 감겨왔다.

"이자벨! 거기는 안 해도 돼!"

이자벨이 민감한 부위를 살짝 건드렸다.

"여기가 기분이 제일 좋다고 알고 있습니다."

"괜찮으니까 이제 나가주라. 나 잠 좀 자자."

급히 그녀들을 밖으로 내보내고는 잠을 청했다.

태양이 지고 달이 떴다 다시 태양이 솟아올랐다.

매일 하얀 벽만 보고 지내오다 푹신한 침대와 따듯한 벽지
를 보며 잠이 들었기에 오래 자지 않아도 피로가 완벽히 풀렸
다.

이른 아침이지만 몸을 풀기에는 딱 좋은 날씨였다.

몸을 풀기 위해 내가 향한 곳은 장벽이었다.

밤사이 장벽에서 순찰을 돌고 있었던 듯 보이는 수련생이 나를 발견하고는 고개를 급히 숙여 인사를 해왔고 나는 그의 등을 두드려 주었다.

"잠시 몸 좀 풀고 올 테니까 시끄러워도 참아."

장벽에서 뛰어내리자 밤사이 몰려든 몬스터들이 이빨을 보이며 다가온다.

자신들이 피라미드의 상위에 있다고 착각하고 있는 몬스터들이다.

"일로 와라. 아침 체조나 같이하자."

손가락을 까닥이며 몬스터를 불렀고 그들은 득달같이 나에게 달려들었다.

몸을 풀기위해 내려온 것이기에 기운을 끌어 올리지 않고 몬스터들을 상대할 생각이었다.

물론 몸이 다 풀리면 말이 달라지겠지만.

가장 먼저 달려온 오우거의 중심부를 향해 발을 높이 들어 올렸다.

펑.

계란이 깨지는 소리가 들려왔다. 청아하고 깨끗한 소리. 오늘의 몸 풀기 동작은 알깨기로 결정했다.

쓰러진 오우거를 밀쳐 내고 무리를 지어 다가오는 오크의 중심부를 리듬감 있게 찼다.

실로폰을 두드려야만 들을 수 있는 소리가 그들에게서 났다.

"듣기 좋은데. 이걸로 작곡이나 한번 해볼까."

작곡을 하기 위해서는 수많은 시행착오가 필요하다.

내 주위에는 작곡을 위한 교보재가 널려 있다.

펑. 펑.

수백 번의 실로폰 소리가 났지만 곡을 완성하지 못했다.

"역시 나에게 음악적 재능은 없나 보군."

150마리가 넘는 몬스터가 중심부를 부여잡고 입에서 게거품을 내고 있었다.

같은 남자로서 보기 딱한 모습이다.

그들을 이제 편안히 보내주고 싶었다.

바람의 칼날을 길게 뽑아 채찍처럼 만들어 전방을 향해 휘둘렀고 쓰러진 몬스터들은 정확히 두 조각으로 변해 버렸다. 그들은 이제 더는 중심부에서 올라오는 고통을 느끼지 않아도 될 것이다.

"이제 그만하고 올라와. 아침부터 무슨 생쇼를 하고 있냐."

사장이 장벽 위에서 아침 체조를 하고 있는 나를 불렀다.

"아침밥 먹으러 올라와. 좀 있다가 같이 사냥하러 나가자."

어제보다 훨씬 밝은 모습의 사장이었고 나는 체조를 마치고 장벽 위로 올라갔다.

"밥은 먹고 해야지. 사냥감은 많으니까 아침 댓바람부터 지랄염병 안 해도 질릴 정도로 상대할 수 있어, 인마."

샘물만을 마시고 1년을 버텼다. 어제저녁은 배가 고픈지도 모르고 잠이 들었기 때문에 배 속에서 거지들이 밥 달라고 아우성을 지르고 있었다.

"오랜만에 인간이 먹을 만한 음식을 먹을 수 있겠네요. 오늘 메뉴는 뭔지 너무 궁금하네요."

"메뉴 말해줘?"

"아니요. 모르고 만나야 더 반가운 법이죠. 빨리 가요. 배고파 죽겠어요."

생동감이 느껴지는 도시의 분위기가 너무도 좋았다.

역시 사람은 혼자 살면 안 돼.

몇 년이나 벽만 보고 수련을 하는 스님들은 어떻게 견디나 몰라.

난 절대 늙어서 중은 못 되겠다.

"사장님, 빨리 오라니까요."

나는 이미 줄을 지어 배식을 받고 있는 사람들 틈새에 끼어 음식을 받았고 향긋한 음식 냄새에 벌써부터 군침이 줄줄 흘러내렸다.

제3장
반격 준비

"밥도 먹었으니 힘쓰러 가볼까요?"

오랜만에 음식이라는 걸 배 속으로 집어넣었더니 의욕이 넘쳐흘렀다.

"그래, 식후 운동하러 가보자."

사장은 갈대를 꺾어 이빨을 쑤시면서 동네 마실 가듯이 장벽으로 걸어갔고 다른 부대원들도 사장의 뒤를 따라 장벽으로 향했다.

"일단 뒤에서 대기하고 계세요."

슈트를 입은 5명의 부대원을 제외하고는 장벽 위를 지키도록 명령했고 나를 포함한 6명의 인원만이 장벽을 뛰어 내려갔다.

"오늘도 많이 모였네. 이놈들은 새끼를 한 번에 수십 마리는 놓는 건지."

"그래도 오늘은 자연계 몬스터의 모습은 보이지 않네요."

"그래? 자연계 몬스터만 없으면 이것들은 껌이지."

5대의 슈트가 각자 다른 방향으로 뛰어갔고 나는 가장 많은 몬스터가 있는 전방으로 향했다. 바람의 칼날에 잘리고 땅의 속박에 발이 묶여 발버둥치는 몬스터들의 비명 소리가 전장을 울렸다. 그뿐 아니라 채찍질에 비명을 지르는 몬스터들이 하모니를 만들고 있었다.

몬스터의 시체로 산이 만들어지고 있었다. 몬스터의 산이 토템 역할을 하는지 몬스터들이 뒷걸음질을 치기 시작했다. 겁을 잃어버렸다고 알고 있는 오우거마저 뒤도 돌아보지 않고 장벽 밖으로 도망갔고 오크와 다른 몬스터들은 이미 부리나케 도망간 뒤였다.

"오늘은 이 정도로 하고 올라가죠."

"사냥다운 사냥을 해보는 것이 너무 오랜만이다. 매일 죽자살자 싸우기만 했는데 이렇게 몬스터를 사냥하게 되다니."

몬스터의 모습이 보이지 않자 우리는 장벽 안으로 돌아갔고 슈트를 벗은 사장은 후련한 표정을 짓고 있었다.

"조만간 장벽 주위를 정리할 수 있을 것 같습니다."

데자뷔처럼 느껴진다. 2차 몬스터 범람이 있었을 때도 도시 근처의 몬스터를 정리하고 전국 각지의 몬스터들을 청소했었다. 이번에도 전과 다르지 않게 움직일 것 같은 생각이 들었다.

"저 잠시 그라니안 좀 보고 올게요. 일본의 상황도 궁금하기도 하고 2기 수련생들의 안위도 걱정되어서 말이에요."

"그래, 얼른 갔다 와라. 전처럼 1년 있다가 오지 말고."

"걱정하지 마세요. 늦기 전에 돌아올게요."

사장의 농이 섞인 말에 진심이 느껴졌다. 그동안의 전투가 그를 얼마나 힘들게 했는지 잘 알고 있었기에 사장의 말이 농처럼 느껴지지 않았다.

그라니안이 있는 몬스터 월드는 전과 다른 활기를 띠고 있었다.

마치 하나의 마을이 만들어진 것 같은 모습이다. 화산 지대로 이루어진 이곳에 이런 마을이 생길 이유가 궁금해졌다.

그라니안을 찾으러 수련장이 있는 곳으로 향했고 그곳에는 2기 수련생들이 그라니안에게 수련을 빙자한 일방적인 구타를 당하고 있었다.

오랜만에 보는 반가운 장면에 나도 모르게 미소가 번졌다.

"오랜만이다, 다들."

그라니안과 2기 수련생들이 동시에 고개를 돌리는 모습이 마치 절도 있는 군무처럼 느껴졌다.

"교관님, 너무 오랜만입니다."

"어디 갔다가 이제 오는 거냐. 1년 만인가?"

수련을 멈추고 나에게 다가오는 그들 모두가 반가웠다.

"어쩌다 보니 그렇게 되었어. 근데 일본의 사정은 어때? 한국은 대구를 제외하고는 초토화가 되었다고 하는데."

"일본도 다르지 않습니다. 이미 도시라는 개념이 사라졌습니다. 소수로 뿔뿔이 흩어져 제 살길을 찾아가고 있습니다. 일본 헌터 협회와 정부가 막아내기에는 이번 몬스터 범람이 너무 거셌습니다."

"근데 여기에 마을이 세워진 것 같은데 너희들이 데리고 온 거야?"

"그렇습니다. 저희를 따르는 일본 헌터들과 그들의 가족을 데리고 이곳으로 들어왔습니다. 다행히 그라니안 님이 받아 주셨습니다."

그라니안이 그들을 받아준 이유가 충분히 이해가 갔다. 가까이 있으면 언제든지 원할 때마다 수련을 빙자한 구타를 할 수 있으니 딱히 거절할 이유가 없었겠지.

"일본의 사정이 그렇다면 다른 나라도 마찬가지겠네?"

"그렇습니다. 중국이 가장 먼저 몬스터의 지배하에 넘어갔고 유럽 연합과 미국은 최대한 몬스터를 막아내고 있다고는 하지만 이미 대부분의 도시를 뺏긴 상태입니다. 그래도 아직 헌터 협회가 해체되지 않고 유지하고 있는 것만으로도 대단한 것입니다."

"그렇겠지. 다른 소식은 없고?"

"일전의 몬스터 범람은 단순히 흉포한 몬스터들이 도어에서 튀어나와 부수고 먹어치웠다면 지금은 조금 다르다고 합니다. 그들 스스로 도시를 만들고 있는 것 같다는 분석이 나왔습니다."

"몬스터들이 도시를 만든다고? 그것도 몬스터 월드가 아니라 지구에서?"

"그렇습니다. 그들이 왜 도시를 만들고 어떻게 그게 가능한지는 모르지만 도시를 만들고 있다는 제보가 속속들이 들어오고 있습니다. 특히 중국은 가장 먼저 몬스터들이 도시를 짓기 시작했다고 합니다."

"하긴 러시아와의 전쟁에서 가장 많은 국력을 잃은 나라가 중국이기도 하니까. 몬스터들이 무혈입성했을 테지."

"그렇습니다. 중국의 경우 이미 몬스터들의 도시가 되어버렸습니다. 러시아와의 전쟁에서 숨어든 중국의 각성자들이 어디에 웅크리고 있는지는 모르지만 이미 그들의 힘으로 몬스터를 제압하고 땅을 되찾기는 불가능할 것입니다."

몬스터들이 도시를 세운다. 같은 몬스터라고 해도 수틀리면 서로에게 이빨을 들이미는 그들이 도시를 만드는 것은 불가능하다. 그렇다면 이유는 한 가지뿐이다.

11명의 제자 중 누군가가 몬스터들이 도시를 세우도록 도와주고 있는 것이다.

도와주는 것이 아니라면 조종하고 있을지도 모른다.

나를 하얀 방 안에 가둔 생명과 빛의 수호자도 그중 한 명일 가능성이 매우 높았다.

"정말 산 넘어 산이네. 죽을 때까지 몬스터들하고 싸우다가 죽을지도 모르겠어."

"그럴지도 모르겠습니다. 아이러니하게도 지금은 몬스터도어 밖의 세상보다 몬스터 월드 안이 더 안전합니다. 몬스터도어를 통해 몬스터들이 다 빠져나갔기 때문에 이곳에서 몬스터를 보는 일은 매우 드뭅니다."

그의 말이 맞다. 지금은 지구보다 몬스터 월드 안이 더 안전한 곳이다. 그랬기에 이곳에 마을을 만들었겠지.

"한국에 있는 몬스터 도어를 대부분 없앴는데 왜 한국에서도 몬스터 범람이 일어난 거지?"

"중국에서 넘어온 놈들입니다. 이미 중국을 잡아먹은 그들이 새로운 마을을 만들기 위해 한국을 넘보고 있는 겁니다. 현재 중국 근처에서 도시를 만들 수 있는 땅이 한국밖에 없지 않습니까. 다른 곳은 이미 다른 몬스터 도어에서 나온 몬스터들이 도시를 만들었으니 한국만이 남아 있는 상황입니다."

"주인 없는 땅으로 보고 있는 거네. 그러면 서울 지역은 이미 몬스터 도시화가 되어 있을 수도 있겠네?"

"그럴지도 모릅니다. 저희도 정확한 정보를 받지 못한 지가 오래되어서 최근의 정보는 알지 못하고 있습니다."

"그래도 이 정도 정보를 알고 있는 것만 해도 다행이다."

대구에 있는 수련생들은 이 정도의 정보도 알지 못하고 있었다. 철저하게 고립된 생활을 하고 있었기 때문이다.

"너희들은 계속 이곳에 살 생각이야?"

"다른 방법이 딱히 없습니다. 일본도 이미 몬스터들의 세상으로 변했습니다. 저희들이 힘을 길러 몬스터들을 쫓아내지 못한다면 저희는 계속 여기에서 살아야 될지도 모릅니다."

땅을 뺏기고 몬스터 월드에서 살아가야 할지도 모르는 그들이지만 그들의 상황이 지구에서 몬스터들을 피해 가슴 조리며 하루하루를 살아가고 있는 사람들보다 나쁘다고는 할 수 없었다. 그래도 그들은 희망이 있다.

"수련을 계속하다 보면 언젠가는 다시 일본을 찾을 수 있을 거야. 우리도 한국을 정리하는 대로 일본을 도와주도록 노력해 볼게."

"말씀만으로도 감사합니다."

지금은 일본을 도와줄 상황이 아니었다.

그의 말이 사실이라면 중국에 세워진 몬스터 도시에서 계속해서 몬스터들이 내려올 것이고 그 도시를 파괴하지 않는다면 계속해서 몬스터의 습격을 걱정하며 살아야 하는 것이다.

"그라니안, 너는 이상한 기운을 느끼지 못했어?"

빛의 수호자를 만난 것은 이곳에서 그렇게 멀지 않은 곳에서였다.

그라니안도 그의 기운을 느꼈을지도 모른다.

"느꼈다. 생명의 기운이 폭발하는 것을 느꼈고 그 기운이 어디론가 떠나는 것도 느꼈다."

그 생명의 기운이 빛의 수호자일 것이다. 그가 어디로 떠났을까?

몬스터 월드 안에서 그가 있을 것 같지는 않다. 일본일까? 아니면 몬스터들이 도시를 가장 먼저 세운 중국?

그가 중국에 있다며 몬스터 도시를 파괴하려는 나의 계획에 차질이 생길지도 몰랐다.

"일단 알았어. 최대한 자주 올 수 있으면 오도록 할 테니까. 조심히 지내."

"알겠습니다. 저희도 충분한 힘을 기르기 전에는 일본으로 돌아가지 않을 생각입니다."

2기 수련생들의 눈에는 희망과 절망이 동시에 느껴졌다.

그들의 안전을 그라니안에게 부탁하고는 다시 대구로 돌아왔다.

몬스터들이 장벽을 긁어대는 소리가 더는 들리지 않자 사람들은 웃음을 되찾았다.

자급자족할 정도의 식량 보급 상황이 되었기에 일단은 굶어 죽을 일은 없었다.

생활에 필요한 물건들이 부족한 상황이긴 했지만 창고가 터져 나갈 정도로 많은 마정석이 있었기에 도시는 어떻게든 돌아가고 있었다.

"마정석 창고를 하나 더 지어야겠는데."

몬스터들에 대한 걱정이 줄어들자 본격적인 도시 운영 계획을 위한 회의를 열자고 말하는 신 교수였고 그의 말이 일리가 있었기에 우리는 주기적인 회의를 열기로 했다.

회의에 참석하는 사람은 도시의 실질적인 주인인 나와 전투부대를 이끌고 있는 사장과 추수 그리고 두 분의 교수님들과 조나단이 참석했다.

몬스터 범람으로 유일하게 좋은 것은 끊임없이 마정석이 도시로 유입되고 있는 것이었고 사장은 부족한 마정석 창고를 지을 필요성에 대해 말하고 있었다.

"솔직히 지금 마정석을 대충 공터에 던져 놓고 있는 상황인데, 마정석을 체계적으로 관리할 필요가 있잖아."

"그렇긴 하지. 하지만 그보다 더 중요한 것은 치안 문제일세. 현재 치안이 급격히 나빠지고 있는 중이라네. 치안을 담당할 인원도 부족하고 몬스터에게만 시선이 돌아간 상황이었기에 도시에 범죄가 점점 늘어나고 있는 추세라네."

도시에는 새로운 사람들이 유입되었고 인구수가 늘어남에 따라 범죄도 같이 늘어가고 있었다. 경찰이 없는 상황에서 범죄를 막을 사람은 전투부대원들뿐이었다.

"일단 그건 저와 추수가 어떻게 해보겠습니다. 범죄를 저지르는 사람은 추방시키면 범죄를 일으킬 생각을 하지도 않겠지요."

"그건 너무 끔찍한 형벌이지 않은가. 차라리 사형을 시키는 것이 낫지. 몬스터가 들끓는 장벽 밖으로 내보내는 것은 너무도 잔인하다네."

"김 교수님은 아직도 독한 마음을 가지고 있지 못하시네요. 지금은 일벌백계가 필요한 상황입니다. 법을 만들고 행할 시간도 인력도 없습니다."

"그건 사장의 말이 맞네. 김 교수 자네가 사람을 얼마나 아끼는지는 여기 있는 사람들 모두 잘 알고 있다네. 하지만 지금은 독해져야 한다네."

"그러면 도시 치안 문제는 사장과 추수한테 맡기는 거로 하겠습니다. 다른 안건이 있습니까?"

"도시 발전 계획에 대해 할 말이 있다."

얌전히 앉아 있던 조나단이 입을 열었고 신 교수가 지원 사격을 할 준비를 하듯이 혀로 입술을 축이고 있었다.

"현재 도시에 쇠가 부족한 상황이네. 충분한 마정석이 있음에도 활용을 하지 못하고 있다. 상하수도를 만들어야만 전염병을 예방할 수 있다."

"그렇네. 상하수도뿐만 아니라 도시의 발전을 위해서는 이동 수단도 필요하다네. 이 모든 것을 만들기 위해서는 쇠의 공급이 필수라네."

쇠가 필요하다는 것을 모르는 사람은 없었다. 상하수도와 이동 수단을 만드는 것은 그렇다고 쳐도 슈트를 만들기 위해서도 쇠가 필요했다.

슈트가 몬스터 사냥에 얼마나 효율적인지 이번의 전투로 증명했다.

쇠를 구할 방법이 있을까?

세계 어디를 가도 제대로 돌아가는 광산이 있는 나라는 없었다.

그렇다면 눈을 지구가 아니라 몬스터 월드 안으로 돌려야 한다.

"드워프 마을에 부탁을 한번 해보도록 하겠습니다. 조나단 님, 저와 같이 드워프 마을을 방문하도록 하죠."

드워프 마을 근처에는 여러 개의 광산이 있었다. 그 광산에서 쇠를 유입할 수만 있다면 창고에 쌓인 마정석을 주더라도 이득이었다. 무한한 쇠를 흡수할 수 있는 조나단과 함께 간다면 양에 제한받지 않고 쇠를 마을로 가지고 올 수가 있었다.

"쇠만 구할 수 있다면 새로운 슈트를 한번 만들어보고 싶은데 괜찮겠나?"

"어떤 종류의 슈트 말씀이십니까?"

"현재 슈트는 탑승자의 능력을 증폭시켜 슈트를 조종할 수 있게 만들어져 있지. 오로지 육체의 힘만을 사용할 수 있다고 할 수 있다. 새롭게 만들 슈트에는 마정석의 기운을 이용한 무기를 장착할 생각을 하고 있다."

"어떤 종류의 무기 말입니까?"

"아직 만들어보지 않아 정확히 말하지는 못하겠지만 마정석에 있는 에너지를 원자 단위로 쪼개어 원자폭탄 형식처럼 만들 수 있지 않을까 생각은 하고 있는데. 일단 만들어봐야 할 것 같다네."

원자폭탄? 만약 마정석을 이용해 엄청난 파괴력을 지닌 무기를 만들어 슈트에 장착만 할 수 있다면 몬스터와의 전투 양상은 완전히 다르게 바뀔 수도 있는 것이다.

"무조건 제일 먼저 지원해 드리도록 하겠습니다. 바로 드워프 마을로 가시죠."

회의를 끝냈다. 지금은 테이블에 앉아 회의를 할 시간이 아니다.

희망을 위해 뛰어야 할 시간이다.

＊　　　＊　　　＊

오랜만에 보는 드워프 족장도 다른 사람들과 다르지 않게 나를 타박했고 나는 그런 드워프 족장에게 멋쩍은 웃음을 지어 보였다.

"그러니까 광산에 있는 쇠가 필요하다는 거지?"

"그렇습니다. 최대한 많은 양의 쇠가 필요합니다."

"우리는 필요한 양만큼의 쇠를 채굴하기 때문에 비축분이 없어. 광산에서 가져갈 수 있다면 원하는 양만큼의 쇠를 채굴해도 좋아."

드워프 족장의 허락이 떨어졌다. 드워프 족장의 손에 마정석을 쥐여주었다.

창고에 들어가지 못하고 공터에 아무렇게나 자리를 차지하고 있던 마정석 대부분을 가지고 왔다. 최소 300개는 넘는 마정석을 받아 든 드워프 족장은 필요 없는 척 손사래를 치고 있긴 했지만 그는 감정까지는 속이지 못했고 목소리가 높아졌다.

"따라오게나. 드워프 마을 근처에 있는 광산에 안내해 주겠네. 원한다면 소수의 드워프를 지원해 줄 수도 있다네."

"괜찮습니다. 저희가 알아서 채굴하도록 하겠습니다. 고작 이런 일에 드워프의 힘을 빌릴 수는 없지 않겠습니까."

드워프 족장의 안내를 받아 도착한 곳은 마을 바로 옆에 위치하고 있는 돌산이었다.

돌산에는 드워프들이 만든 것으로 보이는 여러 개의 광산이 있었고 그중 가장 큰 광산에 도착했다.

"그러면 나는 이만 가보겠네. 집에 가기 전에 마을에 들르게나. 맥주 몇 통 준비해 놓을 테니 가져가게나."

"감사합니다. 맥주를 안 마신 지 1년이 넘었습니다. 말만 들어도 벌써 군침이 넘어가네요."

"그렇지? 드워프 맥주만 한 게 없다니까. 그럼 수고해."

드워프 족장이 짧은 다리를 분주히 움직이며 돌산을 내려갔고 이제는 본격적으로 채광 작업을 할 때였다.

"조나단 님, 정말 도구 없이 쇠를 채굴하실 수 있겠습니까?"

"광산에서 광석을 채굴해 본 적은 없지만 가능할 것 같습니다."

조나단과 함께 광산 안으로 들어갔고 천장에 박혀 있는 야명주가 광산 안을 밝히고 있었기에 빠르게 막장까지 도착할 수 있었다.

"이제 해보겠습니다."

그는 눈을 감고 막장에 손을 가져다 대었다. 쇠를 흡수할 수 있는 능력을 가지고 있는 조나단이다. 그가 광산에 박혀 있는 철까지 흡수할 수 있을지는 의문이었지만 지금은 그의 능력에 기대는 것 말고는 방법이 없었다.

그의 손 주위에서 쇳물이 흐르기 시작했다. 광산에서 쇠를 흡수할 수 있는 것이다.

하지만 이 정도 양 가지고는 택도 없이 부족했다. 그것은 조나단도 알고 있었기에 그는 다시 몸을 풀고는 막장에 손을 가져다 대었다.

그가 손을 가져다 댄 곳에서 예외 없이 쇳물이 흘러나온다.

뚝.

천장에서도 쇳물 한 방울이 떨어져 내렸다. 광산 곳곳에서 쇳물이 흘러나와 조나단 앞으로 모이고 있었고 작은 샘이 만들어지기 시작했다.

그 샘은 크기를 점점 키우고 있었고 얼마 되지 않아 우리의 무릎을 채울 정도까지 차올랐다.

"이제 흡수를 하도록 하겠습니다."

광산에 손을 가져다 대어 쇳물을 만들고 그 쇳물을 흡수하는 작업을 반복했다.

사람이 직접 채굴했다면 몇 달은 걸릴 양을 단숨에 만들어 내는 조나단이었다.

반복 작업을 10번쯤 했을 때 조나단이 입을 열었다.

"이제 여기 광산에서는 쇳물을 만들기 힘듭니다. 다른 광산으로 이동하는 게 좋겠습니다."

"가능하겠습니까? 너무 무리하시는 거 아닙니까?"

"아닙니다. 아직 20번은 더 할 수 있는 기운이 남아 있습니다."

"지금 흡수한 쇠의 양은 얼마나 되나요?"

"정확하지는 않지만 슈트 10대를 만들 정도의 양은 됩니다."

우리는 광산에서 나와 다른 광산으로 이동해 작업을 계속했다. 돌산에 있는 광산은 수십 개였기에 하루 만에 작업을 완료할 수는 없었고 일주일 동안 매일같이 광산에 들러 쇠를 흡수하는 작업을 하였다.

"족장님, 혹시 다른 광산은 없나요?"

"다른 광산이라니? 왜, 마음에 안 들어?"

돌산에 있는 모든 쇠를 채굴했다고 말하면 족장이 믿어줄까?

"광산에서 철광석이 말랐습니다. 아무리 파도 나오지 않네요."

"그럴 리가 있나. 못해도 몇십 년은 사용할 만큼의 철광석이 있는 걸로 알고 있는데."

당황한 족장이 급히 돌산으로 뛰어 올라갔고 어두운 얼굴을 하고 다시 돌아왔다.

"자네 말이 맞았어. 돌산에서 더는 철광석의 모습이 보이지 않아."

어두운 그의 얼굴을 보고 있자니 죄를 지은 기분이 들었다. 드워프는 쇠를 하루라도 다루지 않으면 손에 가시가 생기는 종족이었다.

"그래도 걱정하지 마. 이미 다른 광산 후보들을 탐색해 놓았으니까."

"다른 광산 후보요? 다른 산에도 철광석이 있나요?"

"우리가 왜 이곳에 보금자리를 틀었는지 아는가? 이 주위에 보이는 모든 산이 철광석을 함유하고 있다네. 다른 광석들도 보이긴 하지만 대부분이 철광석이야."

드워프 족장의 말을 듣고 마을 주변을 둘러보았다. 눈에 보이는 산만 해도 10개가 넘었다.

시야에 가려 보이지 않는 산까지 더하면 수십 개는 넘는 산이 이 근처에 있는 것이다.

그 산 모두에 철광석이 있다면? 그렇다면 걱정할 필요가 없었다.

슈트는 물론이고 도시 개발에 사용할 쇠를 구할 수 있는 것이다.

"감사합니다. 그러면 저희는 먼저 산으로 출발해 보겠습니다."

"광산을 만들지도 않았는데 자네들끼리 가서 뭘 하려고 그러는 건가?"

"일단 탐사라도 해보려고요."

드워프 족장에게 거짓말을 하는 것에 대해 양심의 가책을 느꼈지만 마정석을 그에게 줌으로써 양심의 가책을 씻어 내렸다.

"조나단 님, 다른 산들도 철광석이 묻혀 있다고 합니다. 이동하시죠."

조나단을 데리고 드워프 마을에서 보았을 때 가장 큰 산으로 이동했다.

"광산이 없다면 작업을 하기 힘듭니다. 제가 쇠를 끌어올 수 있는 범위가 그렇게 넓지가 않습니다."

"그런 걱정은 하지 마세요. 제가 구멍을 만들겠습니다."

광산이라고 하는 것은 결국 산을 파고 들어가기만 하면 되는 것이다. 무너지지 않게 구조물을 세우며 전진하는 것이 일반적인 광산 건설 방식이지만 나에게는 그런 방식이 딱히 필요하지 않았다.

땅의 기운과 쇠의 기운을 끌어 올려 산 중턱에 구멍을 만들었다.

"이런 방식이면 작업이 더 빨라질 수 있겠습니다."

"슈트 500대 정도를 만들려면 얼마나 많은 쇠가 필요할까요?"

욕심이 생겼다. 지금의 상황에서 욕심이 생기지 않으면 이상한 것이다.

"지금까지 흡수한 양으로는 100대분밖에 되지 않습니다."

"알겠습니다. 그러면 쇳물을 흡수하고 계세요. 제가 다른 구멍을 만들고 있겠습니다."

조나단이 내가 파놓은 구멍을 통해 쇳물을 흡수했고 나는 그동안 수십 개의 새로운 광산을 만들어내었다. 하나의 산에 있는 쇠를 흡수하는 데 보통 일주일의 시간이 걸렸다.

얼마나 많은 양의 철광석이 산에 묻혀 있는지에 따라 다르긴 했지만 보통 산 하나에 슈트 100대 분량의 철광석이 묻혀 있었다.

조나단의 몸에 흡수할 수 있는 쇠의 양이 무한대는 아니었지만 쇠를 흡수하면 할수록 그 양이 늘어났고 산 3개분의 철광석을 흡수했을 때는 그의 힘이 전보다 훨씬 강해져 한 개의 산을 흡수하는 데 3일도 걸리지 않게 되었다. 그가 강해지는 것이 눈에 보일 정도였다.

"이제 이 정도면 되겠죠?"

구멍이 숭숭 뚫려 가진 것을 다 뱉어낸 산이 5개다. 저 산들을 볼 때마다 드워프 족장의 얼굴이 아른거렸다.

마정석으로 퉁 치면 되겠지. 몬스터 월드에 몬스터들이 줄어들어서 마정석 구하기가 힘들다고 했으니까.

"한 개의 산만 더 했으면 좋겠습니다. 지금의 양으로도 충분히 500대의 슈트를 만들 수 있긴 하지만 다른 곳에도 사용할 쇠들이 많습니다."

나보다 더한 조나단이었다. 그의 말에 따라 산 한 개를 더 쓸어버리고 나서야 철광석 도둑질을 멈추었다. 필요한 양의 철광석을 확보했기에 멈춘 거긴 하지만 언제 다시 찾아올지는 모르는 일이다.

"이게 다 뭐야? 정말 이게 드워프 마을에서 가져온 쇳덩어리들이야?"

조나단은 드워프 마을에서 흡수한 쇠들을 마을에 도착해서 비워내었다. 새로운 쇠를 흡수하기 위해서는 몸을 비워내야 하기 때문이었는데 마을 한편에는 산이 하나 생겼다.

오로지 쇠로만 된 산의 모습은 미친 예술가가 만든 조형물과도 같이 보였다. 그 모습을 보는 모든 사람이 입을 벌리고 바라볼 수밖에 없었다.

"네, 사장님. 이게 전부 쇳덩어리들입니다.. 이걸로 슈트도 만들고 농기구도 만들고 상하수도 만들고 그럴 겁니다."

"말만 들어도 좋네. 근데 이렇게 많은 양의 쇳덩어리를 가지고 와도 괜찮겠어? 나중에 드워프 종족의 원수가 되는 거 아닐지 몰라."

그럴 가능성이 없는 것은 아니었다. 창고에 쌓인 마정석을 그들에게 더 줘야겠다는 생각이 들었다.

한 달이 걸려 충분한 양의 쇠를 확보했고 이제 본격적으로 슈트 제작에 들어갔다.

슈트 제작을 위해서 따로 필요한 것은 없었고 다른 추가 인원 투입도 필요 없었다.

단지 조나단과 신 교수가 작업실에 눌러앉아 이것저것을 끄적였고 새로운 무기를 장착한 슈트가 완성되고 있었다.

새로운 무기를 제작하는 데 시간이 오래 걸릴 뿐이지, 슈트를 만들기 시작하면 하루에도 몇십대의 슈트를 만들 수 있는 능력이 있는 조나단이었다. 이번 광산 투어를 통해 엄청나게 힘을 키운 그였다.

조나단과 신 교수가 새로운 슈트를 만드는 동안에도 몬스터들이 꾸준히 장벽을 긁어대었다. 한국에 이렇게 많은 수의 몬스터가 있다는 것이 믿기지 않을 정도였다.

2기 수련생의 말처럼 중국에서 끊임없이 몬스터들이 내려오고 있는 것이 분명했다.

임시로 만든 새로운 슈트와 원래 있었던 슈트를 더하면 20대의 슈트가 도시 중심에 세워져 있었고 도시 방어에는 큰 위험이 없었다.

아직 새로운 슈트가 만들어지지 않았지만 슬슬 앞으로 나아가기 위해 준비를 할 필요가 있었다.

"사장님, 잠시 서울을 다녀오겠습니다."

"서울? 서울은 왜? 그냥 나중에 슈트 다 만들어지면 같이 가면 안 되는 거냐?"

강가에서 놀고 있는 어린아이를 바라보듯이 나를 바라보고 있는 사장의 눈길이 부담스러웠다. 그의 마음을 충분히 이해할 수는 있지만 그래도 부담스러운 건 어쩔 수 없다.

"걱정하지 마세요. 금방 갔다 올 테니까요. 일단 서울의 사정을 알아야 앞으로의 계획을 세울 수 있으니까요. 만약에 서울에 세워진 몬스터 도시가 생각보다 크다면 좀 더 힘을 키우고 나가야 될 수도 있어요. 준비를 철저히 하는 것은 나쁘지 않잖아요."

드워프 광산이 있는 이상 슈트를 만드는 것은 문제가 없다. 하지만 슈트를 탈 헌터의 수가 부족했다. 현재 도시에 남아 있는 헌터는 500명에 불과했다. 간간이 장벽을 통해 헌터들이 유입되기는 했지만 그 수는 터무니없이 부족했다.

서울에 있는 몬스터들이 나와 500명의 부대원으로 상대하기 힘들다면 서울 진출 계획을 미뤄야 했다.

"그래, 그럼 살짝만 보고 바로 와라. 아직 슈트를 만들려면 시간도 많이 남았으니까 구체적인 정보는 필요 없어. 진짜 대충만 훑어보고 와야 된다."

"알겠습니다, 사장님. 걱정 붙들어 매고 계세요. 금방 다녀올게요."

끈덕진 사장을 겨우 떼어내고 헌터 협회가 있었던 곳으로 텔레포트를 했다.

서울에서 가장 익숙한 곳이 헌터 협회였기에 그곳으로 텔레포트를 한 것이다.

"이게 헌터 협회 건물인가."

눈앞에는 돌산이 하나 보였다. 돌산이라고 하기에는 중간중간 철근의 모습도 보였기에 자연적으로 만들어진 돌산이 아니라는 것은 알 수 있었다.

헌터 협회 건물을 허망하게 바라보고 있을 때 수천 마리의 몬스터가 움직이는 기운이 감지되었다. 급히 은신을 시전해 몬스터의 기운이 느껴지는 장소로 이동했다.

수천 마리의 몬스터가 부서진 건물이 만들어낸 돌덩어리들을 옮기고 있었다.

그들은 자기 몸만 한 돌덩어리를 짊어지고는 어디론가로 향했다.

그들의 뒤를 쫓아가자 돌벽이 모습을 드러내었다. 대구를 둘러싸고 있는 장벽보다는 터무니없이 약해 보이고 낮은 장벽이었지만 몬스터들이 만들었다고는 생각되지 않을 정도로 정교한 모습이었다. 돌벽 공사 담당자로 보이는 몬스터가 돌덩어리를 옮기고 있는 몬스터에게 손짓을 한다.

어디선가 많이 본 몬스터인데. 아! 사이클롭스구나.

사이클롭스가 공사 현장을 진두지휘하고 있었다. 사이클롭스의 손짓에 따라 돌벽이 만들어지고 있었고 한 마리의 사이클롭스가 수천 마리의 몬스터를 다루고 있다.

돌벽을 만든다는 것은 이들이 이곳에 정착하겠다는 말과 다르지 않았다.

돌벽은 인간이 주인으로 살고 있던 땅들을 그들이 대신 살겠다고 선언하는 것과 다르지 않아 보였다.

*   *   *

돌벽을 세우고 있는 몬스터들의 모습이 흥미로운 건 분명

하지만 여기서 계속 돌벽을 세우는 모습을 지켜보고 있을 수만은 없었다.

돌벽을 여기에 세우고 있다는 것은 이곳이 도시의 외곽이라는 말이었다.

좀 더 안으로 들어가 도시의 모습을 확인하고 싶었다.

나의 은신을 아무도 알아차리지 못하고 있었고 조금씩 도시의 중심으로 걸어갔다.

도시의 중심으로 이동할수록 강한 기운을 내뿜고 있는 자연계 몬스터의 모습이 드러났다.

최소 열 마리 이상의 자연계 몬스터가 서울에 자리를 잡고 있는 것이다.

열 마리의 자연계 몬스터라고 해봐야 크게 위협적이지는 않다.

이 정도의 몬스터라면 수련생들의 도움 없이 처리할 수 있는 정도였다.

하지만 섣불리 움직이지는 않았다. 하얀 벽 안에 갇혀 지낸 1년의 시간이 나에게 침착함을 가르쳐 주었다.

정말 이 정도 자연계 몬스터 말고는 없는 건가?

아무리 둘러보아도 자연계 몬스터보다 강한 기운을 가지고 있는 존재가 느껴지지 않았다.

몬스터들이 만든 도시는 생각보다 광대했다. 몇 마리인지는 정확히 알 수 없었지만 최소 100만 마리는 넘어 보이는 몬스터들이 도시에 살고 있는 것은 분명했다.

이 정도의 몬스터들을 제어하기 위해서는 자연계 몬스터의 힘만으로는 불가능했다. 분명 다른 존재가 있는 것이 분명했다.

시간이 흐르고 있다. 너무 늦게 마을로 돌아간다면 사장의 잔소리를 각오해야 하기에 슬슬 마을로 돌아갈 마음을 먹고 있었다.

마지막으로 돌벽을 세우고 있는 사이클롭스의 모습을 확인하고 있을 때 자연계 몬스터보다 강한 기운을 내뿜는 존재를 느낄 수 있었다.

11명의 제자 중 한 명인가? 그렇지는 않을 것이다.

지금 느껴지는 기운은 그들에 비해서는 약했다. 조심스레 기운을 향해 다가갔다.

돌벽을 순찰하는 듯한 존재가 눈에 띄었다. 그가 강한 기운을 뿜어내고 있다.

그의 모습을 확인하고 싶었다. 천천히 최대한 기운을 감추고 그에게로 걸어갔고 징그러운 파충류의 모습을 하고 있는 존재를 확인할 수 있었다.

인간의 신체와 다를 바 없는 구조를 가지고 있지만 초록색 피부와 구강 구조가 비정상적으로 발달된 모습을 보니 명백한 파충류였다.

리자드맨인가? 몬스터 대백과사전에서 본 적이 있는 모습이었다.

하지만 일반적인 리자드맨이라고 하기에는 그에게서 느껴지는 기운이 상당했다.

자연계 몬스터 몇 마리를 합친 것 같은 기운이 그에게서 뿜어져 나오고 있다.

그의 기운이 머리에 집중되어 있는 걸로 보아 지능이 뛰어난 몬스터인 것 같았다.

도시를 만들기 위해서는 지능형 몬스터가 필수겠지.

리자드맨이 긴 혀를 날름거리고 있었다. 그는 뭐가 그렇게 마음에 들지 않는지 사이클롭스의 머리를 후려치며 작업 지시를 하고 있었고 리자드맨보다 훨씬 덩치가 큰 사이클롭스가 그에게 굽실거리고 있었다.

리자드맨이 이 도시의 지배자라면 서울을 몬스터에게서 뺏어 오는 건 힘들지 않을 것 같았다. 11명의 제자가 아니라면 어떤 몬스터라고 해도 우리를 막을 수 없었다.

100만의 몬스터와 열 마리의 자연계 몬스터 그리고 지능형 몬스터 한 마리.

견적은 나왔다. 슈트가 완성되는 즉시 몬스터의 도시를 치면 되는 것이다.

1번의 정찰이었지만 충분한 정보를 수집했기에 망설임 없이 마을로 돌아갈 수 있었다.

＊　　　＊　　　＊

3달이라는 시간 동안 도시는 많은 것이 바뀌어 있었다.

가장 새로운 것이라고 하면 상하수도가 완성이 되어 도시가 깨끗해졌다는 점이다.

그리고 새로운 무기가 완성이 되었다.

신 교수와 조나단의 상상이 현실이 되었다.

"드디어 완성입니까?"

"그래, 드디어 완성했다. 마정석을 이용한 무기의 엄청난 파괴력을 보게 될 거야."

슈트의 공격력 향상을 위해서는 무기 제작이 더욱 중요했기에 신 교수와 조나단은 슈트 제작보다 무기 제작에 시간을 할애했고 3달이라는 짧은 시간 만에 마정석을 이용할 무기를 만들어내었다.

"지금 바로 시연에 들어갑니까?"

"시간 끌 것 없겠지. 이걸 장벽으로 들고 따라오게나."

총이라고 하기에는 애매하고 그렇다고 대포라고 하기에도 애매한 무기를 들고 장벽으로 올라갔다.

장벽에는 이전보다는 많이 줄었지만 여전히 많은 수의 몬스터들의 모습이 보였다.

새로운 무기를 시연할 표적지가 여러 개인 셈이었다.

"이걸 어떻게 사용하면 되는 거죠? 제가 시험 발사를 해보고 싶은데."

아직 실험 발사를 해보지 않은 무기는 위험했다. 다른 사람이 실험을 하다가 다칠 수도 있었기에 가장 튼튼한 몸을 가지고 있는 내가 나섰다.

"아직 이름은 정하지 않아서 단순히 마정석 발사체라고만 부르고 있다네. 마정석 발사체의 중앙에는 7개의 마정석이 들어가 있다네. 모두 오우거급 이상의 마정석이지. 마정석 발사체의 밑면에 보면 작은 방아쇠가 보일 것이야. 슈트에 착용하게 되면 방아쇠 형태가 필요 없겠지만 이번 실험을 위해 특별히 장착한 것일세."

신 교수의 디테일한 설명에 어렵지 않게 마정석 발사체의 사용법을 알 수 있었다.

"그러니까 목표를 조준하고 방아쇠를 당기면 된다는 것이죠?"

군대에서 사용해본 총의 발사법과 다르지 않았다.

여전히 장벽을 아쉬운 눈으로 바라보고 있는 오우거 떼를 노리고 방아쇠를 당겼다.

지이이잉.

시끄러운 팬이 돌아가는 소리가 들려왔다. 발사가 되기 위해서는 예열 시간이 필요해 보였다. 약 10초간의 예열이 끝나자 마정석 발사체의 주둥이 부분에서 스파크가 일기 시작했다.

"조심하게나. 이제 발사될 것일세."

신 교수의 말처럼 조심해야 될 것 같았다. 마정석 발사체에서 느껴지는 기운이 상상 이상으로 강했다. 스파크가 점점 강해졌고 발사체에서 번개가 튀어나왔다.

번개라고 하기에는 느린 속도였지만 모습은 번개와 똑같았다.

느릿느릿하게 움직이는 오우거 떼를 맞추기에는 느리지 않은 속도라 오우거들은 번개를 뒤집어썼다.

파바바박.

오우거들의 몸 주위에 스파크가 사정없이 튀기 시작한다. 몸을 부르르 떠는 오우거들의 눈이 뒤집히고 살갗이 타기 시작한다. 털은 번개가 닿는 순간 타 없어졌고 고기 굽는 냄새가 사방을 진동했다.

번개는 한 마리의 오우거를 감전시키는 것으로 만족하지 않고 전염병처럼 퍼져 나갔다.

단 한 번의 공격으로 300마리 이상의 오우거가 목숨을 잃었다.

300마리의 오우거만이 주변에 있었기에 그들만 죽은 것이다. 더 많은 수가 있었다고 해도 결과는 다르지 않았을 것이다.

"대박입니다, 교수님."

"그렇지? 당연한 결과일세. 이걸 만들기 위해서 얼마나 많은 시간을 투자했는데 이 정도 결과는 나와줘야지. 허허허"

신 교수가 이렇게 소리를 내서 웃는 모습은 난생처음 보았다.

조나단은 신 교수처럼 소리 내서 웃지는 않았지만 뿌듯한 미소를 숨기지는 못하고 있었다.

"번개를 몇 번까지 쏘아낼 수 있는 겁니까?"

"1개의 마정석에 2번의 번개를 만들어낼 수 있다네. 그렇게 효율이 뛰어나지는 않는 것이지. 조금만 더 연구를 한다면 1개의 마정석으로 최소 3번 이상 번개를 만들어낼 수 있겠지만 지금은 2번이 한계라네."

"발사 시간을 좀 더 빨리할 수는 없나요? 10초의 예열 시간이 긴 편은 아니지만 급박한 순간에 10초는 목숨을 좌지우지할 정도의 시간이거든요."

"슈트에 착용하게 되면 예열 시간이 조금 줄어들긴 하겠지만 그래봐야 5초 이상의 예열 시간이 필요하다."

"그러면 충전은 어떻게 하면 되는 거죠? 새로운 마정석을 끼워 넣기만 하면 되는 건가요?"

"그렇지. 다 쓴 마정석은 빼내고 새로운 마정석을 집어넣기만 하면 된다네. 마정석을 교체하는 작업이 그렇게 어렵지는 않다네. 특히 슈트를 입고 있는 상태라면 1분 안에 교체를 할 수 있을 걸세."

"다른 방식의 무기는 없나요?"

"마정석을 전기에너지로 변환하여 무기를 만든 것도 획기적인 건데 뭘 더 바라는 건가."

"전에 말씀하셨던 것처럼 원자폭탄의 능력을 지닌 무기 같은 거 말이에요."

"만들려고 노력은 하고 있지만 쉽지 않구나. 하지만 마정석 수류탄은 만들 수 있을 것 같다. 마정석 수류탄은 반경 1㎞를 초토화시킬 수 있을 정도의 폭발력이 있는 무기지."

"최대한 빨리 무기 개발을 마무리해 주시기 바랍니다."

"너무 급하게 생각하지 말거라. 마정석 발사체를 만든 이상 슈트를 만드는 게 우선이다. 다른 무기는 슈트를 만들고 나서 만들어도 늦지 않는다."

"슈트 500대를 만드는 데 얼마나 걸릴까요?"

"빠르면 3달, 늦으면 5달이 걸릴 것 같다."

슈트를 만들 수 있는 능력자는 조나단 한 명뿐이었고 3달에 500대의 슈트를 만들려면 하루에 5대 이상의 슈트를 만들어야만 했다. 아무리 광산 투어로 힘을 키운 조나단이라고 해도 힘든 작업이 될 것이 분명했다.

"모든 지원을 아끼지 않겠습니다. 필요한 것이 있으면 뭐든지 요청만 하세요. 제가 어떻게든 구해오겠습니다."

"현재 도시에 있는 마정석으로도 충분하지만 마정석 수류탄을 만들려면 마정석이 많을수록 좋다. 최대한 많은 마정석을 모아주길 바란다."

"알겠습니다. 그 정도야 어렵지 않죠. 도처에 널린 게 몬스터니까요."

지금 눈앞에도 300개의 마정석이 굴러다니고 있었다.

"그럼 저는 부대원들하고 마정석 사냥을 본격적으로 하겠습니다."

이전에는 단순히 몬스터를 사냥하고 부수적으로 마정석을 추출했다면 이제는 달라져야 한다. 마정석 수집이 먼저고 몬스터 사냥이 나중이었다.

급히 부대원들을 불러 모아 눈앞에 있는 오우거 300마리의 마정석을 추출시켰고 20대의 슈트를 입은 부대원들과 함께 마정석 사냥을 시작했다.

슈트를 만드는 데 얼마나 많은 양의 마정석이 필요한지는 몰라도 조나단이 마정석 때문에 슈트를 만드는 것이 늦어졌다는 말이 나오지 않을 정도의 마정석을 모을 생각이었다.

20대의 슈트가 동시에 움직이며 채찍을 휘둘렀고 몬스터들은 혼비백산해서 도망친다.

집요하게 그들을 쫓아 마정석을 뱉어내게 하였다.

도적이 된 것 같은 기분마저 들었지만 하루도 쉬지 않고 마정석 사냥을 하였고 2달이 흐르자 장벽 근처에서 몬스터의 씨가 마르기 시작했다.

"이 정도의 양이면 충분하다."

마정석으로 만든 산을 보고 조나단이 기가 질려 말했고 그
제야 나는 만족스러운 미소를 지을 수 있었다.

"현재 몇 대의 슈트를 만들었나요?"

"생각보다 빠르게 슈트를 만들고 있다. 하루에 10대 분량
의 슈트를 만들고 있으니 1달 안에 슈트와 무기를 완성할 수
있을 것 같다."

조나단의 말이 사실이라면 서울을 탈환하기까지 1달이 남
은 것이다.

슈트가 만들어지는 대로 적응 훈련을 해야 했다. 아직 슈트
에 익숙지 않은 수련생들에게 만들어지는 대로 슈트를 제공
했고 그들은 빠르게 슈트 작동법을 배웠다.

모든 수련생이 지옥 훈련을 견딘 경험이 있었기에 뭐든지
빨리 배웠다.

빨리 배우지 않으면 어떤 결과를 내는지 루카라스를 통해
뼈가 시리도록 경험해 보았기에 수련을 할 때에 그들의 집중
력은 엄청났다.

500대의 슈트가 장벽 외곽을 뛰기 시작했다. 군인들이 아
침 구보를 하듯이 줄을 맞추어 장벽을 돌았고 도시 사람들은
그 모습을 보며 환호성을 질렀다. 아무런 구경거리가 없는 도
시에서 슈트를 입은 수련생들의 구보는 좋은 구경거리였다.

"이제 다들 슈트에 익숙해졌나?"

나를 제외한 모든 수련생들이 슈트를 입고 구보를 하고 있다.

슈트를 입을 생각을 하지 않은 것은 아니었지만 슈트를 입고 내 능력을 제대로 펼칠 수 없다고 판단되었기에 슈트를 착용하지 않았다. 그렇다고 해서 슈트 작동법을 배우지 않은 것은 아니었다. 어떤 상황이 닥칠지 모르기에 슈트 작동법과 무기 사용법을 터득해 놓았다.

"이제 슈트를 입지 않으면 어색할 지경이다."

사장은 슈트를 입고 물구나무서기를 하는 묘기를 보여주었고 그것을 구경하는 도시 사람들은 휘파람까지 불어주며 사장의 묘기에 호응해 주었다.

"저도 슈트가 익숙해졌습니다."

추수도 은근히 경쟁심이 심했다. 사장이 물구나무서기를 해서 환호성을 받는 게 질투가 났던지 그는 덤블링을 해 보였고 구경꾼들은 사장이 묘기를 부릴 때보다 더 큰 환호성을 내질렀다.

"오늘을 마지막으로 서울로 돌격할 것이다. 이의 있는 사람 있나?"

"없습니다."

"다들 오늘 하루 푹 쉬고 내일 오전에 이곳으로 모이길 바란다. 마을에서 고기를 굽고 있을 것이니 많이 먹도록."

오늘이 지나면 언제 다시 도시로 돌아올지 모른다는 것을 모두 알고 있었기에 그들은 걸신이 들린 것처럼 고기를 씹어 삼켰고 이른 시각에 잠을 청했다.

침대도 오늘이 마지막이다. 푹신한 베개 대신 딱딱한 바닥에 머리를 누이고 잠을 자야 되고 맛있는 음식 대신 딱딱한 음식으로 배를 채워야 한다.

우리가 이런 수고를 해야 되는 것은 몬스터 때문이다. 그 원한을 풀어야 한다.

우리의 수고에 몬스터들은 목으로 값을 치러야 할 것이다.

*   *   *

중국의 수도는 베이징이지만 그보다 더 아름다운 도시가 중국에 없는 것은 아니었다.

그중 홍콩은 중국과 유럽의 경계선을 지키는 도시였고 많은 관광객들이 찾아 도시의 아름다움을 즐겼다.

하지만 지금의 홍콩은 이전의 모습을 완전히 지워 버렸다.

관광객을 대신해 몬스터가 자리를 채웠고 아름다운 건물들은 도시를 감싸는 돌벽으로 변해 있었다.

그렇다고 해서 도시에 생기가 없는 것은 아니었다. 몬스터들이 바삐 움직이며 도시에 활기를 불어넣고 있었다. 몬스터들은 돌을 옮기거나 주변을 순찰하는 등 각자의 임무를 수행하기 위해 움직이고 있었는데 이런 모습으로 보아 몬스터들을 누가 제어하고 있는 듯했다.

도시 중앙에 세워져 있는 통나무집의 문이 열리고 하얀 로브를 입은 사내가 보인다.

문 앞에서는 검은 로브를 입은 사내가 그를 기다리고 있었다.

"여기는 무슨 일로 찾아온 건가? 인간 세계로 넘어온 순간부터 우리의 연은 끝난 것이 아닌가?"

"저를 너무 홀대하지 말아주십시오. 그 긴 시간 동안 같이 지내온 정을 생각해 반겨주십시오."

검은 로브의 사내는 축 처진 어깨를 하고 하얀 로브를 입은 사내를 바라보고 있었다. 그들은 곧 집 안으로 자리를 옮겼다.

"그래, 여기는 무슨 일로 온 거지?"

"스승님의 봉인을 풀고 싶지 않으십니까? 스승님의 사랑을 가장 많이 받으시지 않으셨습니까."

"그 말을 하려고 온 거면 다시 문밖으로 나가거라. 다시 그 지옥을 보고 싶다는 말인가."

"생명을 관장하는 분이 왜 그게 나쁘다고 생각하시는 겁니까. 지금은 도처에 죽음이 만연해 있지 않습니까."

"생명도 저마다의 가치가 있다. 그때의 생명은 아무런 가치도 없었다. 그런 모습을 보고 있는 것이 얼마나 고역이었는지 아느냐?"

"저는 스승님이 너무도 그립습니다. 그때는 얼마나 평화로

웠습니까."

"그만 가거라. 상대의 영역에 접근하지 않기로 약속하지 않았느냐. 만약 네가 아니었다면 진작 손을 썼을 것이다."

검은 로브를 입은 사내는 더욱 어깨가 처져 문밖으로 빠져나왔다.

그를 포함한 11명의 제자가 전부 이곳으로 넘어왔다. 그들은 각자의 영역을 만들었고 몬스터들을 이용해 도시를 발전시켰다.

검은 로브의 사내만이 도시를 만들지 못하고 있었다. 그는 블라디미르에게 자신의 기운 일부를 이전해 주었기 때문에 온전한 힘을 되찾지 못했고 도시를 만들 여력이 없었다.

하지만 그는 도시를 만드는 것에 큰 관심은 없는 것 같았다.

그의 목표는 그들의 스승의 봉인을 깨는 것이었다. 하지만 그 혼자서는 절대 봉인을 풀 수 없었고 도움을 요청하기 위해 10명의 제자를 차례대로 만나고 있는 중이었다.

그의 노력은 무색했다. 아무도 그의 말을 듣지 않았고 자신들이 만든 도시에 만족하고 있었다.

"이대로 포기할 수는 없다. 그들이 도와주지 않는다면 그들의 힘을 강제로 빼앗아 스승님의 봉인을 풀 것이다."

그는 굳은 표정으로 홍콩을 떠나 어딘가를 향해 날아갔다.

제4장
하얀 로브를 찾아서

PURE BRED HUNTER

장벽을 빠져나온 500대의 슈트는 정말 바라만 보고 있어도 든든했다.

슈트에는 쇼크 건이라고 불리는 마정석 발사체가 달려 있었고 수십 개의 마정석 수류탄이 쇼크 건 옆에 자리를 잡고 있었다.

슈트 1대만으로도 수만 마리의 몬스터를 처리할 수 있는 파괴력을 가지고 있었다.

500대의 슈트를 조종하기 위해서는 500명의 각성자가 필요했다.

남은 수련생은 450명. 그중 50명가량은 심한 부상을 입었었고 신체의 일부가 몬스터에 의해 잘려 나갔었다. 하지만 그들 중 이번 전투에 열외되고 싶어 하는 이는 아무도 없었고 사지 중 하나가 없다고 해도 슈트를 조종하는 데 큰 무리는 없었기에 모든 수련생이 슈트에 탑승했다. 나머지 50명은 겨우 육체 수련만을 한 새로운 수련생으로 채워졌다.

드래고니안의 수련을 제대로 마치지 못한 그들이었지만 슈트를 탑승한 이상 오우거는 가볍게 씹어 먹을 수 있었다.

"이제 서울로 진격합니다. 최대한 빠르게 이동할 생각입니다. 도중에 만나는 몬스터들은 쇼크 건으로 사냥합니다. 충전을 위한 마정석을 알아서 잘 추출하기 바랍니다."

마정석 충전 없이는 14발의 쇼크 건을 발사할 수 있었고 마정석 충전에 대한 걱정은 딱히 하지 않았다. 서울로 가는 길목에 무수히 많은 수의 몬스터를 만나게 될 것이고 그들이 전부 마정석 보관함들이었다.

"출발!"

전부 부대의 총 책임자는 사장이었다. 그의 목소리가 울려 퍼지자 땅이 심하게 흔들렸다.

500대의 슈트가 동시에 걸음을 옮기자 지진이라도 난 것처럼 땅이 흔들렸다.

3달간의 마정석 수집 작업으로 인해 이미 장벽 근처의 몬스터는 씨가 말랐고 우리는 한동안 몬스터와의 조우 없이 서울을 향해 달려갔다.

경북 지역을 벗어나서야 수천 마리씩 무리를 짓고 있는 몬스터를 만날 수 있었고 그들을 쇼크 건으로 학살하며 길을 재촉했다.

수천 마리의 몬스터라고 해봤자 쇼크 건 한 방이면 정리가 되었다.

쇼크 건 한 방을 쏜 부대원은 아무 몬스터의 마정석을 뜯어내 주머니에 챙겨 넣고는 후방에 붙어 따라 왔다.

그런 방식으로 이동하자 하루도 걸리지 않아 몬스터 숲을 헤쳐 나와 서울에 도착할 수 있었다.

"여기가 정말 서울이야? 서울이 아니라 지옥이라고 해도 믿겠다."

사장을 비롯한 모든 부대원이 같은 생각을 하고 있어 보였다.

서울 외곽은 돌벽이 가로막고 있었고 그 돌벽 주위에는 사람의 머리와 다리로 보이는 뼈들이 꼽혀 있었다. 얼마나 많은 사람을 죽였기에 모든 돌벽을 뼈로 장식할 수 있었을까?

"저 보기 싫은 돌벽부터 없애야겠죠?"

"그래야지. 모두 돌벽을 부숴라."

500대의 슈트가 몸을 무기 삼아 돌벽에 부딪혔고 돌벽은 사이클롭스의 노력이 무색할 정도로 쉽게 부서졌다. 돌벽이 부서지자 수만 마리의 몬스터가 쏟아져 나왔고 자연계 몬스터들도 다가오는 것이 느껴졌다.

"모두 쇼크 건을 발사해라."

10만 마리도 되어 보이지 않는 몬스터를 상대로 여러 발의 쇼크 건을 쏠 필요도 없었다. 슈트 한 대당 한 발씩이면 충분했다.

전기에 감전된 수만 마리의 몬스터가 순식간에 쓰러져 몸을 떨며 고기 굽는 냄새를 피워내었다.

"얼마나 많은 몬스터가 여기에 있는 거야?"

"전에 정찰을 했을 때 100만 마리 정도였으니 지금은 수가 더 많아졌으면 많아졌지 줄지는 않았을 겁니다. 자연계 몬스터도 열 마리 정도 있었습니다."

"그 정도면 금방이지. 모두 돌격해라."

수만 마리의 몬스터가 죽었지만 그 10배는 되어 보이는 몬스터가 달려들고 있었다.

이렇게 빨리 몬스터들이 반응할 수 있는 것은 지능형 몬스터인 리자드맨 때문일 것이다.

"지휘를 부탁하겠습니다. 저는 두목을 잡으러 이동할게요."

"알겠으니까. 빨리 돌아와라."

내가 어디를 가면 습관적으로 빨리 오라고 말하는 사장이었다.

리자드맨이 있을 만한 장소는 도시를 한눈에 바라볼 수 있으면서 안전을 보장받을 수 있는 장소일 것이다.

가장 많은 자연계 몬스터의 기운이 느껴지는 장소에 리자드맨이 있을 것이다.

낮은 언덕으로 보이는 저 장소에 세 마리의 자연계 몬스터의 기운이 뭉쳐 있는 것이 느껴졌다.

주위에는 고기 굽는 냄새가 더욱 강하게 나고 있었다. 쇼크건이 다시 발사된 것이었다.

사장의 지휘하에 부대원들은 몬스터를 착실히 사냥하고 있었기에 나는 아무런 망설임 없이 리자드맨이 있는 장소로 이동했다.

은신을 한 채 언덕으로 향했다. 자연계 몬스터라고 해도 나의 기운을 감지할 능력은 없었기에 아무런 방해 없이 리자드맨이 있을 거라 짐작되는 장소에 도착할 수 있었다.

리자드맨의 모습이 보인다. 불안한 눈을 연신 굴리며 혼잣말을 하고 있었다.

"저 쇳덩어리를 막아라. 빨리 움직여라."

리자드맨의 말을 들어보니 그는 혼잣말을 하고 있는 것이 아니었다.

모든 몬스터를 조종하고 있는 것이었다. 지능형 몬스터가 원거리로 몬스터들에게 명령을 내릴 수 있다는 것을 알게 되었다.

"조용히 하지? 시끄러워서 가만히 있을 수가 없잖아."

"누구냐!"

"누구긴 누구야. 저승사자다."

리자드맨은 갑자기 나타난 나의 모습에 당황했고 나는 재빨리 그의 목을 움켜잡았다.

"누구 명령으로 이런 짓을 하는 거지?"

"주인님의 이름은 나도 모른다."

"주인님의 이름도 모르는 노예가 어디 있어?"

리자드맨은 거짓말을 하고 있는 것이 분명했다. 입을 굳게 다문 리자드맨의 입을 열게 하기 위해서는 미국에서 배운 고문법을 사용하는 것이 좋아 보였다.

다니엘이 조나단에게 했던 고문법에 대해서 나에게 설명해 준 적이 있었다.

리자드맨의 귀에 대고 조용히 속삭였다.

"가만히 상상을 해봐. 너의 비늘이 모조리 뜯겨 나가고 피부가 벗겨지고 살이 조각나고 뼈가 차례대로 부러지는 상상을."

귀에 대고 속삭이는 방법은 상상력을 자극해 극심한 공포를 준다고 다니엘이 나에게 말했었다.

"닥쳐라. 어서 이 손을 놓아라."

나는 말로 하는 고문에 재능이 없었다. 괜히 시간 낭비만 한 느낌이다.

역시 말보다는 주먹으로 얘기하는 것이 효과적이다.

퍽. 빠직.

그의 배에 주먹을 찔러 넣고 곧바로 정강이뼈를 부서뜨렸다.

고통스러워하지만 아직도 입을 열지는 않았다. 그렇다면 더욱 확실한 방법을 사용해야 할 것이다. 리자드맨의 손가락을 밟아 모조리 부서뜨리고 개 패듯이 그를 때렸다.

루카라스에게 배운 주먹 찜질법을 그에게 사용한 것이다.

"제발 그만해라. 모두 말하겠다."

리자드맨은 생각보다 참을성이 강했다. 10분이나 주먹 찜질을 참아내었다.

"알고 있는 것을 모두 말하는 것이 좋을 거야."

마무리로 그의 얼굴을 걷어차고 리자드맨의 말을 기다렸다.

"나를 거둔 주인님은 하얀 로브를 입고 있었다. 그가 나에게 축복을 내려주셨고 나는 몬스터들을 조종할 능력을 가지게 되었다."

하얀 로브. 그가 분명했다. 나를 하얀 방에 가둔 그가 이 리자드맨의 주인이다.

"하얀 로브를 입은 개 같은 놈은 지금 어디에 있지? 빨리 말해."

분노가 폭발했다. 그 때문에 1년의 시간을 고통 속에서 살아야 했다. 지금의 분노는 당연한 것이었다.

"주인님은 한국을 나에게 부탁하고는 중국으로 넘어가셨

다. 나도 주인님에 대해 아는 것이 그렇게 많지 않다. 지금 말한 것이 전부다."

"왜 한국에 몬스터 도시를 만든 거지?"

그가 중국으로 넘어 갔다면 굳이 한국에 몬스터 도시를 건설할 이유가 없었다.

"나도 그거에 대해서는 잘 모른다. 단지 자신의 영역을 지키라는 명령만을 내리셨을 뿐이다."

영역? 한국과 중국이 하얀 로브의 영역이란 말인가.

"다른 명령은 내리지 않았나?"

"정말 지금 말한 것이 내가 알고 있는 전부다."

"그래 믿어주마."

"이제 나는 나가도 되는 것이냐?"

리자드맨은 정말 알고 있는 것을 전부 말해주었을 것이다. 그의 말이 거짓이라고 생각되지는 않았고 나는 그의 목을 잡고 있던 손을 놓아주었다.

리자드맨은 몸을 떨며 천천히 나에게서 벗어나고 있었다.

"잠깐만. 아무래도 그냥 보내주는 건 아닌 것 같다."

"약속이 틀리지 않느냐. 이대로 나를 보내달라."

다시 리자드맨의 목을 움켜쥐었다. 목에서 난 상처에서 피가 뿜어져 나온다.

오랜만에 보는 새로운 몬스터의 피였다. 향긋한 냄새가 그의 피에서 맡아진다.

나는 양손으로 그의 목을 쥐어짜 많은 양의 피가 터져 나오게 하였고 그 피를 들이마시기 시작했다. 오랜만에 느껴지는 희열에 심장이 쿵쾅거렸다.

5분도 되지 않아 리자드맨의 피를 흡수했고 그를 내려놓았다.

아직 죽지 않은 리자드맨의 얼굴에는 억울함이 가득했다.

"억울해하지 마라. 너에게 죽은 사람들이 너보다 훨씬 더 억울할 테니까."

리자드맨이 죽었다. 이제 몬스터들이 통제력을 잃고 날뛸 것이다. 오히려 지금이 가장 위험한 순간일 수도 있었다.

사장은 괜찮겠지? 알아서 잘 지휘해야 할 건데. 성격이 급해서 사고를 칠 것 같단 말이야.

급히 부대원들이 치열하게 전투를 치르고 있는 장소로 이동했다.

그곳에는 이미 두 마리의 자연계 몬스터가 형체도 알아보지 못할 정도로 죽어 있었다.

마정석 수류탄을 맞은 듯한 모습이었다.

"모두 쇼크 건을 발사해라. 아끼지 말고 남은 쇼크 건 모두를 발사해."

사장의 명령에 따라 부대원들은 날뛰는 몬스터들에게 쇼크 건을 발사했고 순식간에 전장은 정리가 되었다.

부대원들은 남은 자연계 몬스터들을 일일이 쫓아가 사냥

하였고 마정석 수류탄의 효과를 똑똑히 확인할 수 있었다.

"수고하셨습니다."

아무런 피해도 없이 전투를 마친 부대원들이다. 그들을 지휘한 사장에게 수고의 인사를 전했다.

"용택아, 혹시 너 아까 내 욕 했냐? 한창 전투를 하고 있는데 머릿속에서 네놈 목소리가 들리잖아. 뭐라더라. 성격이 급해서 사고를 칠 것 같다니 어떻다니 한 것 같은데."

리자드맨의 능력이 생각났다. 그는 원거리에서 몬스터들에게 명령을 내렸었다.

*　　　*　　　*

서울을 지배하고 있던 리자드맨이 사라지자 몬스터들은 흩어졌고 몬스터의 도시는 붕괴되었다. 우리는 5개의 조로 나뉘어 나머지 몬스터들을 사냥했고 도시 주변에서 몬스터를 쫓아내고 나서야 천막을 치고 휴식을 취했다.

다른 수련생들은 벌써부터 천막 안에서 몸을 뉘이고 있을 시간 나와 사장 그리고 추수는 지휘관 막사에 모여 앞으로의 계획에 대해 얘기를 나누었다.

"이대로 중국까지 치고 올라갈 생각이야?"

"그래야 될 것 같아요. 서울을 탈환했다고 해도 중국에서 끊임없이 몬스터들이 내려오기 때문에 중국에 있는 몬스터 도시를 파괴하지 않는다면 아무런 소용이 없습니다."

"그건 그렇긴 하지만 우리만으로 중국에 있는 몬스터 도시를 파괴할 수 있을까?"

"서울도 하루 만에 함락했습니다. 중국이라고 해봐야 크게 다르지 않을 겁니다."

서울에 있는 몬스터 도시와 중국에 있는 몬스터 도시는 크게 봐서는 다른 것이 없었다. 하지만 하얀 로브의 사내가 중국에 있었다.

그만 처리할 수 있다면 몬스터 도시를 파괴하는 것에 아무런 문제가 없을 것이다.

비록 아직 그를 이길 수 있다는 확신은 들지 않았지만 500대의 슈트를 탑승한 부대원들과 함께라면 가능성이 있었다.

"부대원들의 사기가 크게 올라가 있는 상태입니다. 내일 당장에라도 출발할 수 있습니다."

이번 전투로 자신감이 붙은 부대원들이다. 슈트를 입은 상태라면 몬스터들을 겁낼 이유가 없었다. 몬스터들의 공격이 부대원들에게 아무런 타격을 주지 못했다.

조나단과 신 교수가 만든 슈트는 충격 완화 장치도 장착되어 있는지 오우거의 몽둥이질 정도는 아무런 흠집도 내지 못했다.

"그래도 그렇지 한 이틀은 쉬고 올라가야 되지 않을까?"

"추수의 말이 맞습니다. 사기가 올랐을 때 몰아붙여야 합니다. 내일 바로 중국을 향해 출발 하도록 하겠습니다."

서울에 아직 많은 수의 몬스터가 있긴 했지만 우두머리를
잃은 그들이 무슨 일을 저지를 수 있을 거라고는 생각되지 않
았다. 이미 서울에는 우리가 구해줄 사람도 보이지 않았고 중
심을 잃고 방황하는 몬스터들을 사냥한다고 해서 나아지는
것은 없다.

지금은 원인을 뽑아내야 할 때였다.

몬스터 범람이 있으나 없으나 태양은 제시간에 하늘을 밝
혔고 부대원들은 누구 하나 게으름 피우지 않고 자리를 털고
일어났다.

그들은 천막을 접어 슈트 등 쪽에 마련된 물품 보관함에 넣
고는 사장의 지시에 따라 슈트를 탑승하고 중국을 향해 진격
했다.

이번 전투로 충분한 양의 마정석을 확보했기에 쇼크 건 충
전에 대한 걱정은 하지 않아도 되었다.

중국으로 가기 위해 우리는 북으로 이동했고 평양 근처에
서 작은 몬스터 도시를 발견할 수 있었다. 서울에 있었던 몬
스터 도시보다 규모가 작은 몬스터 도시였기에 반나절도 되
지 않아 정리를 하였다.

쇼크 건은 얼마든지 사용해도 충전이 되었지만 마정석 수
류탄은 조나단이 없으면 만들 수 없는 물건이었기에 아껴야

했다. 물론 마정석 수류탄이 떨어지면 마을로 텔레포트를 해서 받아 올 수도 있었지만 내가 없는 사이에 어떤 일이 생길지 모르기 때문에 그러고 싶지는 않았다.

"평양을 이렇게 와볼 줄은 몰랐네. 평양답게 돼지형 몬스터가 우글우글거리네."

"그러게 말입니다. 무슨 오크가 이렇게 많은지."

평양 근천에 있던 몬스터 도시의 우두머리는 오크 주술사였고 도시를 지키는 대부분의 몬스터가 오크였다.

"최대한 마정석 수류탄을 아껴주세요. 자연계 몬스터가 아니라면 쇼크 건과 채찍으로 상대해주세요."

"안 그래도 미리 부대원들에게 말해놨어. 그리고 쇼크 건을 사용하는 것이 효율이 더 좋기도 하고. 아직 마정석 수류탄 10분의 1도 안 썼으니 너무 신경 쓰지 마."

"알겠어요. 그럼 바로 올라갈까요?"

"그래도 몬스터 도시 하나 파괴했는데 여기서 하루 보내지 않고?"

"이 정도 규모의 몬스터 도시를 파괴한 것이 뭐 대수로운 일이라고 그러세요. 갈 길이 멀어요. 아직 해가 지려면 시간이 많이 남았으니까. 이동을 좀 더 하고 숙영지를 세우기로 하죠."

우리는 평양을 지나쳐 안주시 근처에서 숙영을 했다.

생각보다 빠른 행군 속도였다.

슈트의 최대 속도는 시속 80㎞다. 물론 그런 속도를 내기 위해서는 슈트의 다리 부분에 설치되어 있는 마정석 엔진을 사용해야 했고 엄청난 양의 마정석을 소모했다.

마정석 발전소와 달리 슈트에 달린 마정석 엔진의 경우 효율이 매우 좋지 않았기 때문이었다.

안주시에서 하루를 보내고 쉬지 않고 신의주까지 올라왔다. 신의주까지 오늘 길목에는 몬스터 도시가 없었기에 작은 전투를 몇 번 치룬 것 말고는 오로지 행군만을 했다.

"이거 큰일인데. 어떡하냐?"

신의주에서 중국으로 넘어가기 위해서는 다리를 건너야 한다.

하지만 중국과 북한의 경계선인 압록강 위에 세워진 조중우의교가 부서져 있었고 우리는 길을 돌아가야 하는 상황에 처해졌다.

"괜히 신의주 쪽으로 온 건가. 조금 돌아가더라도 안전한 길로 갈 걸 그랬습니다."

"방법 없냐? 슈트를 입고 수영은 못 하겠지?"

슈트를 입고 수영을 해본 적은 아무도 없었기 때문에 사장에 질문에 답해줄 사람은 없었다.

"일단 방법을 생각해 봐야겠습니다. 일단 여기서 숙영을 하죠."

"바쁘다며. 그냥 다른 길을 찾아서 이동하는 것이 낫지 않겠어?"

"방법을 찾아보고요. 여기까지 왔는데 돌아가기는 시간이
너무 아깝잖아요."

"그렇다면 오케이. 오늘은 여기서 숙영하는 걸로 하자."

사장은 부대원들에게로 걸어가 짐을 풀고 천막을 칠 것을
지시했다.

나는 멍하니 부서진 다리만을 바라보았다.

다리를 이용하지 않고 중국으로 갈 방법이 있을까?

아니면 장벽을 만든 것처럼 다리를 만들 수 있을까?

다리가 완전히 부서진 것이 아니었다. 중간 부근에서 끊어
진 상태였다.

다리를 복구할 수 있을지 확신은 들지 않았지만 일단 끊어
진 부근으로 걸어갔다.

500대의 슈트가 걸어가기 위해서는 튼튼한 다리가 필요하
다.

그러기 위해서는 흙만으로 다리를 만들어서는 안 된다.

땅의 기운과 쇠의 기운을 더한다면 가능할 것 같았다.

장벽을 만들던 것처럼 기운을 끌어 올렸고 강 위에서 흙들
이 솟구쳐 올라 다리의 양끝에 달라붙기 시작했다. 점토를 조
각하는 것처럼 흙을 연결해 다리를 복구했다.

하지만 이 정도로는 슈트가 지나갈 수 없었다. 쇠의 기운을
최대한 끌어 올려 흙 주위를 감쌌다.

"이 정도면 건널 수 있을까?"

여러 번 지나갈 수는 없어도 한 번은 지나갈 수 있지 않을까?

혹시나 하는 마음에 다리 밑에 여러 개의 지지대를 만들기까지 했고 금세 해는 떨어졌다.

500대의 슈트가 임시로 만든 다리를 건널 수 있을까 걱정을 많이 했지만 다행히도 다리는 부서지지 않았고 우리는 중국에 도착 할 수 있었다.

"용택아, 다리 부러지고 있는데."

사장의 말에 급히 고개를 돌렸고 정말 다리가 레고처럼 부서지고 있었다.

"조금만 늦었으면 큰일 날 뻔했네요."

몬스터를 상대하면서도 흘리지 않았던 식은땀이 흘러내렸다.

우여곡절 끝에 중국에 도착했다. 우리가 목표로 삼는 곳은 베이징이었다.

가장 큰 도시이기도 하고 몬스터들이 도시로 삼기 좋은 장소임이 분명했다.

베이징까지 가는 중에 우리는 5개의 작은 몬스터 도시를 만났고 모조리 불살랐다.

작은 몬스터 도시는 슈트에 채워 넣을 마정석 공급해 주는 주유소일 뿐이었다.

주유소에서 마정석을 채워 넣고 우리는 베이징으로 쉬지 않고 이동했고, 1주일이 걸려서야 베이징에 도착할 수 있었다.

베이징은 하얀 연기가 피어오르고 있었다. 게다가 타는 냄새도 심하게 나고 있다.

몬스터들이 도시를 공격할 때나 나는 연기가 지금 나고 있는 것이 이상했다.

이미 몬스터 도시를 완성한 순간부터 이런 연기가 날 이유가 없었다.

자신들의 터전을 불태우는 짓은 아무리 몬스터라고 해도 하지 않을 짓이었다.

서울보다는 견고한 장벽이 우리의 시야를 가리고 있었다.

나는 자연의 기운을 느끼기 위해 기감을 열었고 엄청난 수의 몬스터의 기운을 느낄 수 있었다.

그리고 다른 기운도.

"안에 헌터들과 몬스터들이 싸우고 있습니다. 어서 도와줘야 합니다. 늦으면 헌터들의 목숨이 위험합니다."

"중국에 아직 각성자들이 남아 있다고? 정말이야. 그럼 어서 움직여야지. 모두 장벽을 부숴라!"

500대의 슈트가 동시에 장벽을 들이 받았고 장벽의 일부가 부서졌다.

"어디서 전투가 벌어지고 있어?"

"좌측 5㎞ 지점에서 전투가 벌어지고 있습니다."

"모두 돌격."

장벽이 부서지는 소리에 몬스터들은 우리를 향해 달려들었지만 쇼크 건의 위력에 바닥에 주저 않고 몸을 떨어야만 하는 몬스터들이었다.

다가오는 몬스터들을 처리하며 전투가 벌어지는 장소로 이동하자 그곳에는 2천이 넘어 보이는 중국 각성자들이 몬스터들과 치열한 전투를 벌이고 있었다.

그중 중국 각성자들을 지휘하고 있는 사람의 낯이 익었다.

승복을 입고 수염을 길게 기른 사람을 한 명 알고 있었다.

소림사의 고승이 각성자들을 지휘하며 몬스터와 전투를 치루고 있는 것이다.

그들도 우리의 모습을 발견했다.

우리가 적인지 아군인지 몰라 쉽게 다가오지 못하고 있었다.

"우리 쪽으로 후퇴하라고 전해."

추수를 통해 중국 각성자들을 불렀고 그들은 우리가 아군이라는 사실을 알자 몬스터들과의 전투를 멈추고 급히 우리를 향해 달려왔다.

2천이 넘는 각성자라고 하지만 여기에 있는 몬스터는 수백

만에 달했다.

그들만으로는 절대 이 전투를 이길 수 없는 것이었다.

러시아와의 전쟁과 몬스터 범람에서 조용히 숨죽이고 있던 그들이 왜 이제서야 나서는지 이유를 알지 못했지만 일단은 그들을 도와야 한다.

우리를 향해 달려오는 중국 각성자들을 맞이하기 위해 몬스터를 향해 슈트를 입은 부대원들이 달려 나갔고 중국 각성자들이 우리 쪽으로 후퇴를 하는 데 성공하자 쇼크 건을 이용해서 주변을 조용히 시켰다.

수백만의 몬스터가 베이징에 있긴 하지만 주위를 둘러싸고 있는 몬스터의 숫자는 20만에 불과 했고 쇼크 건만으로도 충분히 정리가 가능했다.

약간의 여유가 생겼다. 고승이 나를 알아보고 다가왔고 추수가 급히 슈트에서 내려와 통역을 자처했다.

"어떻게 된 일입니까? 중국의 각성자들은 전부 숨어 지내는 거 아니었습니까?"

약간의 비아냥거리는 말투가 나올 수밖에 없었다.

러시아와의 전쟁에서 그들이 참전했다면 블라디미르가 그렇게 쉽게 유럽으로 손을 뻗치지 못했을 것이고 피해는 줄어들었을 것이었다.

"개인의 결정보다 문파의 결정이 중요한 사람들이기 때문에 지금까지 쥐새끼마냥 숨어 있었다고 합니다."

정파와 사파에게 억압을 받으며 살아온 추수였기에 그의 통역은 의역이 섞여 있었다.

"그렇다면 지금은 왜 몬스터와의 전쟁을 시작한 겁니까?"

"더는 참을 수 없었다고 합니다. 쥐구멍까지 몬스터들이 밀고 들어오니 튀어나온 것 같습니다. 여기에 있는 사람들을 보니 전부 거대 문파의 사람들입니다. 규모가 작은 문파들은 이미 러시아와의 전쟁에서 목숨을 잃었습니다."

"일단은 도와줘야겠지. 다시 슈트에 탑승해라."

고승과의 대화를 계속 이어나갈 정도의 여유는 없었다. 최소한의 궁금증만을 풀고는 다시 전투를 시작했다.

백만이 넘는 몬스터가 다가오고 있다. 자연계 몬스터의 기운도 느껴진다.

하지만 가장 중요한 몬스터의 기운이 느껴지지 않고 있었다.

서울이나 다른 몬스터 도시에는 항상 한 마리의 지능형 몬스터가 도시를 관리하고 있었다.

그 몬스터만 잡으면 전투는 이긴 것과 다름이 없었다.

어디에서 숨어 우리를 지켜보고 있겠지.

눈을 감고 기감을 더욱 넓혔다. 자연계 몬스터 뒤에서도 지능형 몬스터의 기운이 느껴지지 않았다. 그렇다면 하늘인가?

하늘을 향해 기감을 넓혔지만 느껴지지 않는다. 혹시나 하는 마음에 땅속으로 기감을 넓혔다.

"찾았다. 사장님 전투를 부탁드립니다. 저는 두더지 사냥을 하고 오겠습니다."

"오케이. 오랜만에 쇼크 건 원 없이 쏴볼 수 있겠네. 어서 다녀와라."

사장은 부대원들을 넓게 퍼뜨려 쇼크 건을 발사하게 했고 인해전술로 밀어붙이는 몬스터들을 구워버렸다.

자연계 몬스터들도 있었지만 그들을 상대하기에 좋은 마정석 수류탄이 있었기에 걱정을 하지 않고 두더지 사냥을 위해 땅속으로 들어갔다.

땅속 깊은 곳에 지능형 몬스터가 숨어 있었다.

얼마나 깊이 숨었는지 하마터면 그의 기운을 놓칠 뻔했다.

서울보다 훨씬 큰 규모의 몬스터 도시를 관리하고 있는 지능형 몬스터였다.

이 두더지는 서울에 있던 리자드맨보다 하얀 로브에 대해 자세히 알고 있을 것이 분명했다.

두더지가 숨어 있는 땅속보다 더 깊이 파고들어 갔다. 두더지는 몬스터와 슈트의 전투에 집중을 하고 있는지 나의 기척을 전혀 감지하지 못하고 있었고 한순간에 땅을 파고 올라가 그의 몸을 흙으로 속박했다.

어두운 땅속이었지만 두더지가 발버둥 치는 모습이 생생하게 보였다.

원활한 대화를 위해 두더지를 잡아끌고 땅 위로 올라왔다.

빛에 약한지 태양 아래에서 제대로 얼굴을 들지 못하고 있
는 두더지였다.

*　　　*　　　*

쪼그려 있는 두더지를 보고 있자니 내가 나쁜놈이 된 것 같
은 마음이 들었다.

몬스터의 입장에서 보면 내가 나쁜놈인 건 맞았지만 그렇
다고 해서 내가 굳이 몬스터의 입장까지 생각할 필요는 없었
다.

"순순히 입을 여는 것이 좋을 거야. 괜히 손가락 잘려 나가
고 뼈 몇 개 부서지고 나서 입 열지 말고."

여전히 몸을 떨기만 할 뿐 입을 열지 않는 두더지였다.

역시 몬스터는 매를 맞아야 입을 여는 족속들이었다.

퍽.

두더지의 뒤통수를 후려갈겼다. 짜증이 치밀어 올랐기에
힘을 크게 줄이지 않고 주먹을 휘둘렀기에 두더지의 머리가
한순간에 날아갈 뻔했다.

안 되지. 아직 제대로 물어보지도 않았는데 죽으면 큰일 나
는데.

머리를 부여잡고 바닥을 뒹굴고 있는 두더지를 보고 가슴
을 쓸어내렸다.

다행히 죽지는 않았다.

"빨리 말하라고."

"질문을 하셔야 제가 말씀을 드리지 않겠습니까. 그냥 말하라고만 하면 제가 무슨 말을 해야 할지 모르겠습니다."

내가 질문을 하지 않았던가?

그건 그렇고 생각보다 너무도 정중히 말을 하는 두더지였고 꽤 마음에 들었다.

너는 특별히 편안히 죽여주마.

"너의 주인에 대해서 말해라. 하얀 로브를 입은 사내에 대해서 말이다."

"그것은……"

말을 줄이는 두더지다. 역시 그의 주인이 하얀 로브의 사내가 분명했다.

겁에 질린 그의 입을 열게 하기 위해서는 더 큰 두려움을 심어주면 된다.

10분 정도 두드리면 되려나?

주먹을 들어 올려 그를 두드릴 준비를 하였고 두더지는 급히 입을 열기 시작했다.

"다 말씀드리겠습니다. 제발 때리지만 말아주세요."

겁이 많은 두더지였다. 덕분에 10분의 시간을 아낄 수 있었다.

"그래 그럼 어서 하얀 로브의 사내가 어디에 있는지부터 시작해서 알고 있는 것을 다 말해봐라."

"주인님은 홍콩이라고 불렸던 도시에 자리를 잡고 있습니다. 주인님은 저에게 베이징을 관리하라는 말만 남기고 홍콩으로 가셨습니다."

"홍콩에? 거기서 뭘 하고 있지?"

"딱히 무엇을 한다고 말하기는 힘듭니다. 작은 규모의 몬스터 도시를 만든 것 말고는 다른 어떤 일도 하지 않고 있습니다."

"홍콩에 있는 몬스터 도시의 규모가 얼마나 되지?"

"베이징에 비해 10분의 1도 되지 않는 규모입니다."

질문이 끝나기도 전에 속사포처럼 대답하는 두더지였고 그의 말이 거짓이라고 생각되지는 않았다.

"참 입이 싸구나. 너를 믿고 베이징을 맡긴 하얀 로브가 불쌍하다."

"말하지 않으면 때릴 것이지 않습니까."

"아무리 매가 무서워도 그렇지 이렇게 쉽게 비밀을 말하는 노예가 어디 있냐."

아무리 적의 부하라고 해도 입이 싼 놈은 마음에 들지 않았다.

이미 필요한 정보는 다 들었기에 두더지가 살아 있을 이유가 없었고 단칼에 두더지의 목을 베어버렸다.

펑. 펑.

마정석 수류탄 몇십 개가 동시에 터지는 소리가 들려왔다.

드디어 자연계 몬스터들과 전투를 벌이기 시작하는 부대원들이었다.

그들의 실력과 슈트를 믿긴 했지만 그래도 빨리 그들을 도와주러 가기 위해 발을 강하게 굴러 전투가 벌어지고 있는 장소로 이동했다.

지능형 몬스터가 사라진 전장은 아비규환이었다.

피아를 구별하지 못하는 몬스터들이 아무렇게나 주먹을 휘두르고 있었다.

특히 자연계 몬스터들의 폭주가 위협적이었다.

"제가 오른쪽에 있는 놈을 맡겠습니다."

"오케이, 그러면 우리는 다른 쪽으로 지원을 간다."

사장을 비롯한 30명의 인원이 우측으로 이동하려다가 나의 말을 듣고 다시 정면을 향해 달려갔다.

화염 브레스를 마구잡이로 쏘아내고 있는 짜가 용이 날뛰고 있었다.

더는 브레스를 쏘아내지 못하게 목구멍 안으로 바람의 칼날을 쏘아 넣었고 그는 화염 대신 피를 토해내고 있었다.

확실히 자연계 몬스터라서 그런지 바람의 칼날을 삼키고도 여전히 몸을 심하게 흔들고 있었고 그의 주변은 초보 춤꾼의 엉성한 스텝 때문에 초토화가 되고 있었다.

"내가 짜가 용하고 그렇게 사이가 좋지 않거든. 너 오늘 잘 걸렸다."

몸을 가만히 있지 못하는 몬스터의 다리를 땅의 기운으로 속박하고는 그의 몸 부위 중에서 가장 땅과 가까운 구멍에 물을 집어넣었다. 땅속에 있는 수맥을 이용했기 때문에 구멍을 통해 엄청난 양의 물이 들어갔고 짜가 용의 배는 부풀어 오르고 있었다.

화염의 기운을 사용하는 몬스터였기에 물의 기운에 약해 보였고 짜가 용은 찢어진 목으로 날카로운 비명을 지르다가 숨을 거두었다.

짜가 용이 숨을 거두자 더는 그의 몸에 물줄기를 넣을 필요가 없었고 물의 기운을 거두어들였다.

"으악. 더러워라, 괜히 이렇게 싸웠네."

엄청난 양의 물이 짜가 용의 몸속으로 들어갔고 그 물은 다시 구멍을 통해 빠져나왔다.

물의 색이 변해 있었다. 중간중간에 그가 먹었던 음식물과 분비물이 함께 쏟아져 나왔다.

"그래도 지옥에 가서 속은 편하겠네. 관장을 하고 지옥에 갔으니."

지옥으로 떠난 몬스터를 두고 다른 자연계 몬스터를 상대하기 위해 이동하려고 했지만 이미 전투는 막바지에 다다라 있었다.

수십 개의 마정석 수류탄을 자연계 몬스터에게 퍼붓는 부대원들이었다. 자연계 몬스터들은 폭발에 휘말려 뼈도 제대로 추스리지 못하고 죽어가고 있었다.

"마정석 수류탄 아껴야 하는데. 너무 막 쓰는 거 아니에요?"

"야 저놈들 자연계 몬스터라고. 자칫 잘못하면 우리가 죽을 수도 있다고 생각되지는 않냐?"

마정석 수류탄 몇십 개로 자연계 몬스터를 죽인다면 이득 보는 장사이긴 하다.

하나 홍콩에서 있을 전투를 대비해 마을에 텔레포트를 하여 조나단이 새로 만든 마정석 수류탄을 받아 와야 할 것 같다.

"조만간 마을 다녀오긴 해야겠네요."

"그러지 말고 조나단을 데리고 오면 안 되냐? 그를 데리고 다니면 마정석 수류탄을 걱정 없이 쓸 수 있잖아."

"한창 바쁜 사람을 끌고 다니면 도시 발전 계획은 어쩌고요. 그냥 제가 갔다 오면 되죠."

말이 나온 김에 마을을 다녀올 생각이었다. 이미 주변은 정리가 되었고 다른 위험이 보이지는 않았다. 중국 각성자들이 나에게 감사의 인사를 하려고 다가오고 있었지만 그들의 인사를 받는 것보다 마정석 수류탄을 가지고 오는 것이 더 중요했기에 목걸이를 매만져 마을로 이동했다.

오랜만에 돌아온 대구는 전과 확연히 다른 모습을 하고 있었다.

한국에서, 아니, 세계에서 가장 안전한 곳이라고 말할 수는 있어도 가장 아름다운 도시라고 말할 수는 없었던 도시가 깔끔하게 정돈되어 있었다.

거리에는 쓰레기 하나 보이지 않았고 새로운 건물들이 들어서고 있었다.

얼마나 변했는지 궁금했지만 도시 구경을 하는 것은 다음으로 미루고 조나단을 찾아갔다.

"조나단 님, 마정석 수류탄 만들어두신 거 있으면 전부 주세요."

원정을 나가기 전에 미리 조나단에게 마정석 수류탄을 만들어 달라고 부탁을 했기에 그는 많은 양의 마정석 수류탄을 준비해 놓았을 것이다.

"벌써 마정석 수류탄을 다 사용한 것인가? 새로 만든 분량이 그렇게 많지는 않다."

조나단이 건네준 마정석 수류탄은 처음 받았던 양의 절반 정도였다.

아직 완전히 마정석 수류탄을 소진한 것은 아니었기 때문에 이 정도 양이면 충분했다.

"감사합니다. 그런데 도시가 많이 변했네요."

"자네들이 원정을 나갔을 동안 우리도 놀고 있지 않았다네. 마정석 엔진을 이용해 도시 곳곳을 다닐 수 있는 마정석 기차도 만들었다네. 그리고 마정석 발전소를 이용해 몇 개의 공장도 만들었고."

항상 조나단의 옆에 신 교수가 있었고 그가 자랑스레 도시 발전에 대해 말했다.

"그렇군요. 저는 도시에 도착해서 제가 잘못 온 줄 착각할 뻔했다니까요."

"그럴지도 모르지. 그런데 지금 어디쯤 도착했는가? 중국에는 도착했고?"

"지금 베이징에 주둔하고 있습니다. 베이징에 있는 몬스터 도시를 파괴하고 오는 길입니다. 한 개의 도시만 더 파괴하고 돌아오도록 하겠습니다."

하얀 로브가 홍콩에 있다. 홍콩에 있는 몬스터 도시만 파괴한다면 더는 중국에서 넘어오는 몬스터에 대해 걱정하지 않아도 되었다.

"벌써 베이징까지 도착했는가? 대단한 속도군. 그리고 아무리 슈트와 마정석 수류탄의 위력이 뛰어나다고 해도 항상 조심하게나. 순간의 방심이 돌이킬 수 없는 실수를 만드는 법이라네."

"알겠습니다. 항상 명심하도록 하겠습니다. 그러면 저는 이만 돌아가 보겠습니다. 제가 자리를 비운 동안 어떤 일이 생길지 모르니까요."

"그러게나. 어서 가보게."

짧은 만남이었지만 조나단과 신 교수와의 만남에 기분이 좋아졌고 그 기분을 안고 베이징으로 돌아갔다.

"다녀왔습니다. 별일 없었죠?"

"저것 봐라. 별일 없는지."

추수를 비롯한 마교인들과 중국 각성자들 간의 숨 막히는 눈싸움이 벌어지고 있었다.

마교인과 다른 문파와의 감정이 좋지 않다는 것은 알고 있었지만 공동의 적을 둔 상태에서도 저럴 줄은 몰랐다.

"눈싸움 그만하고 이거나 받아가."

2천 개는 족히 넘어 보이는 마정석 수류탄을 바람의 기운으로 만든 보따리에 담아 가지고 왔다. 마정석 수류탄을 조심히 바닥에 내려놓자 사장과 추수가 각자의 부대원들에게 분배하기 시작했다.

"이 정도 양이면 충분하겠죠?"

"어떤 상대를 만날지 몰라도 이 정도 양이면 드래곤이라도 한 방에 잡겠다."

드래곤을 만나보지 못한 사장이니까 저런 말을 하는 거였다.

실제로 드래곤을 만나보면 이 정도 양의 마정석 수류탄 가지고 드래곤을 잡을 수 있다는 말이 나오지는 않을 것이다.

마정석 수류탄의 분배가 끝이 나자 뻘쭘하게 서서 우리를 지켜보고 있던 중국 각성자들이 다가왔다.

"쫓아내겠습니다. 몬스터 도시도 파괴했으니 우리가 그들에게 더 해줄 것은 없다고 판단됩니다."

평소 냉정한 모습만을 보이는 추수가 오늘따라 과한 말을 하고 있다.

그를 진정시킬 필요가 있었다.

"지금 우리의 적은 저들이 아니라 몬스터들이야. 저들에게 보내는 적개심을 돌려 몬스터에게 보내도록. 괜한 분란을 만들어서 좋을 거 없잖아."

"죄송합니다, 교관님."

"그래 죄송한지 알았으면 저기 스님이나 데리고 와봐."

애가 타는 표정으로 나를 바라보고 있는 소림사의 고승을 추수가 데리고 왔고 그는 내 앞에 서서 손을 모아 감사의 인사를 했다.

"감사합니다. 추용택 님의 도움이 아니었다면 힘든 전투가 되었을 겁니다."

아직 내 이름을 잊지 않고 있는 고승이었고 이번에는 추수가 자신의 의역을 포함하지 않고 통역을 해주었기에 좀 더 원활한 대화를 할 수 있었다.

"그렇긴 하죠. 우리가 아니었으면 힘든 전투가 아니라 전멸을 당했을 겁니다."

하지만 그들에게 좋은 말을 하고 싶지는 않았다. 예의를 갖춰 대해야 할 상대가 아니었다.

추수처럼 적개심을 보이지는 않지만 그렇다고 해서 웃는 얼굴로 대화를 하고 싶지도 않았다.

"이렇게 많은 수의 몬스터들이 이곳에 있는지 몰랐습니다. 충분히 상대할 수 있다는 판단을 내리고 여기로 향했지만 저의 불찰이었습니다. 하지만 그 실수가 추용택 님을 만나는 인연을 만들어주었으니 전화위복이 되었습니다."

듣기 좋은 말을 살살 하고 있는 그는 분명 목적이 있을 것이다. 절대 감사의 인사만을 하고 돌아설 것 같아 보이지 않았다.

"우리의 도움은 여기까지입니다."

그가 무슨 말을 하려고 했는지는 모르지만 철벽을 쳤다. 딱히 그들의 도움이 필요하지도 않았고 그들을 돕고 싶지도 않았다.

돕고 싶은 마음이 있다고 해도 그럴 시간이 없었다. 우리는 당장 홍콩으로 이동해 씹어 먹어도 모자란 하얀 로브를 입은 사내를 상대해야 했다.

"다른 도움을 바라지는 않습니다. 단지 중국에 있는 몬스터들을 힘을 모아 상대해야 될 것 같다는 말씀을 드리려고 했을 뿐입니다."

돌려 말해도 결국 도와달라는 말이었다. 진작 중국 헌터 협회가 있을 때 힘을 모았다면 지금 나에게 이런 부탁을 하지 않아도 되었을지도 모르는 일이었다.

"저희는 홍콩에 있는 몬스터 도시를 파괴하고는 돌아갈 생각입니다. 다른 곳에 있는 몬스터 도시는 알아서 처리하시기 바랍니다."

이들은 일방적인 도움을 바라고 있다. 대구를 지키기에도 모자란 손을 그들에게 내어주고 싶지 않았다.

"저희가 어떻게 하면 도움을 주실 수 있겠습니까?"

돌려 말해서는 말이 통하지 않는다는 것을 깨달은 그가 직설적으로 말했다.

"아무리 그렇게 말해서도 저희가 도움을 드리기는 힘듭니다. 지금 베이징과 홍콩에 있는 몬스터 도시를 파괴하는 것만 해도 저희로서는 큰 결단을 내린 겁니다. 더는 바라지 마세요."

"그렇다면 우리도 받아주십시오. 마교인들을 받아준 것처럼 저희도 추용택 님의 휘하에 받아주십시오."

나의 밑으로 들어오겠다는 그의 말은 살짝 흥미가 갔다. 슈트를 만들 재료는 충분했다.

단지 각성자의 수가 부족할 뿐이었다.

여기에 있는 중국 각성자만 해도 2천에 달한다. 2천의 슈트를 입은 부대원이 움직인다면 중국은 물론이고 유럽까지 순식간에 정리할 수 있을 것 같았다.

하지만 쉽게 그들을 받아들일 수는 없었다.

"다른 각성자들의 의견도 물어 보시고 하시는 말씀이십니까? 문파를 위해 정부를 버렸던 사람들이 한국으로 넘어올 거라고는 생각되지 않습니다. 의견이 조율이 되면 그때 한국으로 찾아오세요."

선택은 그들의 몫이었다. 나라보다 아끼던 문파를 버리고 한국으로 넘어올 사람이 몇 명이나 될지는 모르지만 일단 말은 꺼내놓았다.

제5장
생명의 수호자

PURE
BRED
HUNTER

이틀 동안 베이징에서 머물며 도시 주변의 몬스터들을 사냥했고 베이징은 중국 각성자들이 지낼 만한 장소가 되었다. 다른 몬스터 도시에서 몬스터들이 얼마 지나지 않아 베이징으로 향할 것이겠지만 그래도 한동안은 안전하게 지낼 수 있을 것이다.

우리를 따라 홍콩으로 가고 싶어 하는 그들을 떼어놓고 남쪽으로 이동했다.

몬스터 월드로 변한 중국을 여행하는 것은 자살행위나 다름이 없었다. 베이징에서 홍콩까지 내려가면서 만난 몬스터의 숫자가 100만이 넘었고 소규모의 몬스터 도시도 심심치 않게 만날 수 있었다.

슈트와 쇼크 건이 없었다면 지금보다 훨씬 오랜 시간이 걸려서야 홍콩에 도착할 수 있었을 것이다.

"홍콩이라고 해서 기대했는데 이건 뭐."

"저도 홍콩은 처음 와보는 건데. 예상은 했지만 직접 보니 암담하네요."

몬스터 도시로 변한 홍콩. 사람의 기척은 그 어디에도 느껴지지 않았다. 사람이 살았던 곳인지조차 의심스러울 정도였다.

중국을 영역으로 삼고 있는 하얀 로브의 본진이라고 하기에는 어설픈 목책이 도시를 보호하고 있었다. 베이징만 해도 장벽이 세워져 있었고 서울도 돌벽으로 외곽을 둘러싸여 있었다.

자신감인가? 다른 몬스터 도시와는 달리 이곳에는 하얀 로브가 있다. 그가 있기 때문에 장벽 따위는 필요 없다고 생각하는지도 몰랐다.

몬스터들을 상대하면 할수록 자신감이 생겨났고 지금은 하얀 로브라고 해도 어렵지 않게 이길 자신이 있었다. 슈트를 입은 부대원들은 수십만의 몬스터들을 한순간에 감전시키는 쇼크 건을 가지고 있었고 자연계 몬스터도 조각낼 수 있는 마정석 수류탄도 있었다. 이전처럼 허무하게 그에게 무릎 꿇지 않을 자신이 있다.

"뭘 그렇게 꾸물거리고 있어? 빨리 처리하고 한국으로 돌아가자. 폭신한 침대가 그립다고."

목책 앞에서 가만히 서 있는 나를 보고 사장이 재촉했다.

그래, 생각을 해보았자 변하는 건 없다. 지금은 움직여야 한다. 하얀 로브가 얼마나 강할지 몰라도 지금의 전력이라면 이길 수 있다.

"그럼 홍콩 안으로 진입하겠습니다."

"오케이. 전 부대원, 목책을 부수고 도시 안으로 진입해 몬스터를 사냥해라!"

사장의 우렁찬 목소리가 울려 퍼지자 부대원들은 수수깡을 부수는 것처럼 목책을 밟아 부서뜨리고는 홍콩 안으로 진입했다. 다른 몬스터 도시의 경우 장벽이나 돌벽을 부수는 순간 엄청난 숫자의 몬스터들이 달려들었다. 하지만 지금은 너무도 조용했다. 수십만의 몬스터는커녕 오크 한 마리의 모습도 보이지 않고 있었다.

"여기 너무 조용한데."

"그러게 말입니다. 이렇게 조용할 리가 없는데."

눈을 감고 기감을 넓혀 몬스터들의 위치를 탐색했다. 몬스터의 기운이 홍콩 가운데에 몰려 있었다.

그랬기에 몬스터들이 튀어나오지 않은 것이다.

목책을 방어할 생각이 없었다면 왜 목책을 만든 거지?

홍콩 한가운데에서만 느껴지는 몬스터의 기운을 따라 우

리는 홍콩 중심으로 이동했다.

길을 가는 동안에도 단 한 마리의 몬스터도 보이지 않았다.

기분이 이상했다. 몬스터들의 도시가 아니라 사람이 살고 있는 도시라고 해도 이렇게 조용할 수는 없었다.

우리는 빠른 걸음으로 걸으며 이동했고 적지 않은 수의 몬스터가 모여 있는 마을을 발견할 수 있었다.

"몬스터가 맞긴 한 거야?"

사장이 왜 이런 질문을 하는지 이해가 갔다. 나도 그와 같은 마음이었다.

마을에 있는 몬스터들은 지금까지 우리가 보아왔던 몬스터들과는 달랐다.

우리를 바라보고 있는 몬스터들은 두려움에 떨고 있었고 공격할 마음은커녕 도망도 가지 못하고 몸을 떨고 있었다.

일반적으로 몬스터들은 겁이 없다. 아무리 강한 상대라고 해도 상처를 입기 전까지는 달려드는 습성을 가지고 있었다. 하지만 지금 몬스터들은 인간보다 더 연약해 보였다.

"정상으로는 보이지 않죠?"

떨고 있는 몬스터들을 향해 걸어갔고 또 다른 이상한 점을 발견할 수 있었다.

몬스터들의 모습이 일반적인 몬스터와 많이 달라보였다. 사지 중 하나가 없거나 덩치가 왜소한 그들이었다.

"장애인 마을을 보는 기분인데. 정상적인 신체를 가지고 있는 몬스터가 하나도 없잖아."

장애를 가지고 있는 몬스터를 보고 있자니 사냥하고 싶은
마음이 사라졌다.

소리만 크게 질러도 다리에 힘이 풀려 쓰러질 것만 같은 몬
스터를 사냥하는 것은 그들을 괴롭히는 것과 다르지 않았다.

"제가 확인하고 오겠습니다."

하얀 로브의 기운은 아직 느껴지지 않았다. 그렇다면 그가
임명한 마을의 우두머리가 있을 것이다.

장애를 가지고 있는 몬스터들은 겁에 질려 몸을 떨고 있었
지만 그중 한 몬스터만이 몸을 떨지 않고 있었다.

겁에 질린 모습은 다른 몬스터들과 다르지는 않았지만 그
래도 다른 몬스터보다 나은 모습을 하고 있는 그가 이 마을의
우두머리일 것이다.

그에게 다가갔다. 내가 한 걸음 다가갈 때마다 몬스터들은
한 걸음 물러섰고 우두머리로 보이는 오크 한 마리를 제외하
고는 전부 뒤로 물러났다. 때문에 자연스레 오크와 조용한 분
위기에서 대화를 나눌 수 있게 되었다.

"누구십니까? 저희 마을을 방문한 이유를 알려주십시오."

생각보다 부드러운 목소리를 내고 있는 오크는 덩치는 작
았지만 말솜씨는 뛰어났다.

"하얀 로브를 입은 사내를 찾고 있다. 그가 홍콩에 있다는
정보를 입수하고 찾아온 것이니 거짓말은 하지 말기 바란다.

그가 어디에 있느냐?"

"하얀 로브라면 저희들의 주인님을 말씀하시는 겁니까?"

"아마 그럴 것이다. 너희들의 주인이 어디에 있느냐?"

"저희 주인님은 왜 찾으시는 겁니까. 그분은 무리에서 추방된 우리를 거두어주신 분입니다. 절대 악한 분이 아닙니다."

장애를 가진 그들은 무리에서 추방당하거나 버려졌을 것이다. 그들이 살 만한 공간을 만들어준 것은 하얀 로브의 사내다. 그가 무슨 생각으로 이런 마을을 만들었는지는 중요하지 않았다. 못다 한 얘기를 그와 나누어야 한다.

"너희들로는 우리를 막을 수 없다. 그냥 조용히 그가 있는 곳을 말해라. 그렇다면 너희를 건드리지 않고 지나가겠다."

이번은 거짓이 아니었다. 장애를 가지고 있는 그들을 사냥하고 싶은 마음은 없었다.

"그럴 수 없습니다. 어찌 주인님을 배신할 수 있단 말입니까."

"배신이라고 생각하지 마라. 그냥 길을 안내해 준다고 생각하면 편할 것이다."

오크의 몸이 떨려오기 시작했다. 그는 나에게 겁을 먹고 있는 것이다.

하지만 그의 입은 굳게 닫혀 있었다. 다른 지능형 몬스터에 비해 마음이 강한 오크였다.

그에게 한 걸음 더 다가갔다. 대화가 통하지 않으면 그에게 고통을 주는 것 말고는 다른 방법이 없었다.

그와의 거리를 좁히자 그의 눈에서 눈물이 떨어지기 시작했다.

솔직히 억울했다. 물론 그를 고문할 생각으로 다가가는 것이긴 했지만 아직은 털끝 하나 건드리지 않았는데 눈물을 보이다니.

오크가 이제는 소리를 내며 울고 있다. 소리가 얼마나 우렁찬지 귀를 막아야 될 정도였다.

"울지 마. 아직 아무 짓도 안 했잖아."

"으아아아아앙!"

비명과 비슷한 울음소리가 사방으로 퍼져 나갔고 익숙한 생명의 기운이 다가오고 있었다.

그였다. 이런 기운을 가지고 있는 존재는 하얀 로브뿐이다.

하얀 로브의 사내가 빠른 속도로 마을로 다가왔고 그는 나와 오크 사이에 도착해서야 걸음을 멈추었다.

"어떻게 빠져나왔지?"

"1년이 걸렸습니다. 덕분에 그 지옥 같은 장소에서 1년이나 보내야 했습니다."

"죽음의 기운을 가지고 있었군. 그에게 죽음의 기운을 받은 존재가 너였어."

"틀렸습니다. 죽음의 기운을 가지고 있는 사람의 힘을 흡수한 겁니다."

여전히 오크는 울고 있었고, 그의 비명 소리가 차가운 공기를 더욱 빠르게 얼어붙게 하고 있었다.

"그래, 나를 찾아 여기까지 온 것은 대단하다고 말해주마. 하지만 나의 힘까지 흡수할 수 있다고 생각해서 여기에 온 것이라면 헛된 망상이라고 해주고 싶구나."

"헛된 망상인지 아닌지는 붙어봐야 아는 것 아니겠습니까."

"뒤에 보이는 사람들이 너에게 중요한 사람들이냐?"

슈트를 입은 500명의 부대원들을 바라보고 있는 하얀 로브였다.

"그건 중요하지 않습니다. 중요한 건 당신과 나의 전투입니다."

"너는 나의 추종자를 죽이고 힘을 빼앗았지. 내가 느꼈던 허망한 기분을 너는 알고 있느냐?"

"당신의 기분까지 생각하고 싶은 마음은 없습니다."

전투를 벌일 생각을 하지 않고 계속해서 입을 여는 하얀 로브였다.

그와 대화는 이 정도면 충분했다.

오행의 기운을 모두 끌어올려 내가 할 수 있는 최고의 공격을 퍼부을 생각이었다.

다섯 가지 기운이 손 위에서 하나의 기운으로 뭉쳐지고

있다.

아무리 강한 생명력을 가지고 있는 그라고 할지라도 이 공격을 쉽게 막아낼 수 없을 거라는 자신감이 들었다.

"주둥아리 닥치시고 이거나 받아라!"

그의 얼굴을 보고 있자니 악몽 같았던 1년의 시간이 파노라마처럼 떠올랐고, 분노가 치밀었다.

손 위에 뭉친 기운을 그를 향해 폭발시켰다.

몬스터 도시 하나쯤은 가뿐히 파괴할 정도의 폭발이 그를 향해 뻗어 갔다.

엄청난 기운의 파동이 사방으로 펴져 나가고 있었다. 기운의 파동이 그에게 부딪히려는 순간 그는 빠르게 손을 들어 올렸고 다섯 가지 기운은 작고 하얀 구슬로 빨려 들어가기 시작했다.

내 몸에 있는 기운 대부분을 사용한 공격이 너무도 허망하게 사라져 버렸다.

"너도 내가 느꼈던 감정을 느껴보아라."

그는 나를 지나쳐 500명의 부대원을 향해 달려가고 있었다. 나는 급히 그를 뒤쫓아 가려고 했지만 그가 만든 하얀 벽에 가로막혔고, 급히 죽음의 기운을 끌어 올려 생명의 기운으로 만들어진 하얀 벽을 흡수하기 시작했다.

다시는 죽음의 기운을 사용하지 않을 거라고 다짐했었지만 지금은 다른 방법이 없었다.

죽음의 기운에 잠식되어 노예가 될지도 몰랐지만 부대원

들이 그의 손에 당하는 것을 지켜만 볼 수는 없었다.

급히 끌어 올린 죽음의 기운이 하얀 벽의 생명력을 빨아들였고 하얀 벽은 투명한 유리로 변했다. 그러자 하얀 로브가 부대원들에게 하는 짓을 생생히 목격할 수 있었다.

그의 손에서 만들어진 500개의 구슬이 부대원들을 빨아들이고 있었다. 슈트에서 빨려 나와 구슬로 그들이 사라지고 있었다. 하나의 구슬에 한 명의 부대원이 빨려 들어갔고 부대원들이 있던 장소에는 500개의 구슬이 떨어져 있었다.

"안 돼. 뭐하는 짓이냐."

유리로 변한 벽을 부수고 그를 멈추게 하기 위해 달려갔지만 너무 늦어버렸다.

모든 부대원이 구슬에 흡수된 뒤였다.

"어떻게 할 것이냐? 구슬을 깨기 위해서는 죽음의 기운으로 구슬의 생명력을 흡수해야 될 것인데 그렇게 하면 너의 부대원들의 생명력까지 모조리 흡수하게 될 것이다."

손이 떨려온다. 부대원들은 나에게 가족 같은 사람들이었다. 나를 대신해 도시를 지켰던 사람들이다.

"원래대로 돌려놓아라. 그렇지 않는다면 죽여 버리겠다."

"어차피 나를 죽일 계획으로 여기에 온 것이 아니었나?"

"그래, 너를 죽이고 너의 힘을 흡수한다면 저들을 구슬에서 빠져나올 방법이 생기겠지. 죽어라."

난 하얀 로브에게 달려들었다. 죽음의 기운을 극도로 끌어 올리고 몸을 움직였다.

주변의 생명력들이 흡수되는 것이 느껴진다.

하얀 로브의 사내에게 다가갈수록 강한 생명의 기운이 흡수되고 있었다.

그는 급히 손을 들어 올려 하얀 구슬을 하나 만들어냈고 나를 가두었다.

익숙한 방이 보인다. 나를 1년이나 가두어 두었던 장소였다.

"이따위 벽으로 나를 막을 수 있다고 생각하면 오산이다."

방을 유지하고 있는 생명의 기운을 빨아들였다. 생명의 기운이 흡수되자 몸이 떨릴 정도로 강한 회열과 중독성이 느껴졌지만 지금은 분노가 다른 감정보다 앞섰다.

순식간에 하얀 벽의 기운을 모조리 흡수하고 벽을 깨고 밖으로 나왔다.

그의 모습이 보이지 않았다. 장애를 가진 몬스터의 모습도 보이지 않았고 그들을 대신해 자연계 몬스터들이 달려오고 있었다.

그들과의 전투에서 구슬이 파괴된다면 큰일이다. 급히 500개의 구슬을 주워 들어 땅속 깊숙이 묻어두었다.

20마리가 넘어 보이는 자연계 몬스터가 나를 향해 이빨을 보이고 있었다.

난 그들의 피를 흡수하고 생명의 기운을 흡수했다. 동시에 두 가지 희열이 느껴지자 거부할 수 없는 전율이 느껴졌고 분노를 뚫고 비음이 내 입에서 터져 나왔다.

몬스터의 배를 갈라 피를 마시고 그들이 죽기 전에 생명력을 흡수했다.

하얀 로브를 찾아야 한다는 생각이 더는 들지 않았다. 지금은 자연계 몬스터의 피와 생명력을 흡수하는 데 정신이 뺏겨 버렸다.

20마리의 자연계 몬스터를 모조리 흡수했다.

피 범벅이 된 몸을 닦고 싶었지만 머리부터 발가락 끝까지 떨려왔다. 지금은 움직일 수가 없었다.

마음은 하얀 로브를 찾으러 가고 싶었지만 몸이 움직이지 않았다.

떨리는 몸을 진정시키기 위해서는 빠르게 자연계 몬스터들의 기운을 갈무리하고 죽음의 기운을 잠재워야 했다.

*   *   *

한참이나 걸려서 폭주한 기운을 제어할 수 있었다.

오랜만에 죽음의 기운을 이용해 생명력을 흡수했고 금단 현상이 벌써부터 올라오기 시작했다.

몬스터를 죽이고 생명의 기운을 흡수하고 싶은 마음이 머릿속을 지배하다시피 하고 있었다.

마음을 다잡기 위해 다른 생각을 떠올렸다.

동생들과 마을 사람들 그리고 구슬에 갇힌 500명의 부대원.

그들을 생각하자 잡생각이 사라지기 시작했다. 그들은 나와 이곳에 왔다는 이유만으로 생명의 구슬에 갇힌 신세가 되었다. 한시라도 빨리 그들을 구해내야 했다.

그들은 나처럼 죽음의 기운을 사용할 수도 없었기에 스스로 탈출하지 못할 것이다.

500개의 구슬을 땅속에서 꺼냈다. 하얀 벽에 갇혀 고통스러워하고 있을 부대원들이었다.

리자드맨을 흡수하며 생긴 텔레파시 능력이 생명의 기운으로 만들어진 벽을 뚫고 그들에게 내 말을 전할 수 있을지는 모르겠지만 모든 구슬에 대고 말했다.

조금만 기다려달라고, 금방 구해주겠다고.

구슬을 다시 땅속 깊숙이 묻어 두고는 하얀 로브를 찾으러 움직였다.

그가 있을 만한 곳은 어디일까?

기감을 최대로 넓혀 주변을 둘러보았지만 하얀 로브가 있을 만한 장소로 보이는 곳은 찾지 못했다.

그를 찾지 못한다면 그를 불러낼 존재를 찾으면 된다.

왜소한 체격을 가지고 우렁찬 울음소리를 내는 오크를 찾는다면 그를 다시 불러낼 수 있을 것이다.

이미 오크의 기운을 각인시켜 놓았기에 그를 찾는 것은 어렵지 않았다.

여기서 얼마 떨어지지 않은 지점에서 오크의 기운이 느껴진다. 기운이 느껴짐과 동시에 몸을 날려 이동했다.

"너의 주인은 어디로 갔지?"

오크의 뒷덜미를 잡아끌어 그를 바닥으로 내팽개쳤다.

그의 눈동자가 흔들리고 몸이 떨리려고 하고 있었다.

"그래, 울어라. 울어서 너의 주인을 불러내라."

자신의 울음소리가 주인을 불러낸다는 것을 알고 있었기에 입을 억지로 다물고 있는 오크의 팔을 꺾어 부서뜨렸다.

"으아아아!"

드디어 내가 원하는 소리가 그의 입에서 나기 시작했다. 하지만 전보다 소리가 우렁차지 못했다.

고통이 부족한 거겠지.

오크의 정강이를 살짝 밟아 주었고 정강이뼈는 부서져 살을 뚫고 튀어나왔다.

"으아아아앙!"

비명 소리 같은 울음소리.

그의 울음소리가 사방에 퍼져 나가기 시작한다. 이제 기다리기만 하면 그가 나타날 것이다.

오크의 울음소리가 작아지려고 할 때마다 그의 뼈를 하나씩 부수어주었다.

"네가 목숨처럼 생각하는 추종자가 죽어가고 있다. 어서 모습을 드러내라."

한참이나 오크를 괴롭혀 소리를 지르게 했지만 하얀 로브의 사내는 모습을 드러내지 않고 있다.

적이지만 그가 부하들을 생각하는 마음이 얼마나 큰지 잘 알고 있었다.

그런 그가 이 소리를 듣고 나타나지 않을 리가 없었다.

다시 동면이라도 빠져든 건가?

그가 오크의 울음소리를 듣지 못한 것 일수도 있었다.

그렇다면 오크뿐만 아니라 다른 몬스터들의 비명 소리를 사방으로 울려 퍼지게 하면 된다.

내 손에 오크가 잡힌 순간부터 다른 몬스터들은 몸을 떨고 바닥에 주저앉아 있었다.

"비명을 질러라. 울음소리를 내라. 그렇지 않으면 죽이겠다!"

겁에 질려 아무런 생각도 못하고 있는 그들은 내 말을 알아듣지 못했다.

가장 가까이 있는 왼팔이 장작처럼 쪼그라들어 있는 고블린의 얼굴을 후려갈겼다.

"소리쳐라! 울란 말이야! 울지 않으면 죽이겠다!"

내가 시켜서 우는 건지 아파서 우는 건지 고블린은 목청껏 소리를 지르기 시작했다.

"너희도 어서 울어라. 소리를 지르란 말이야."

고블린의 울음소리를 시작으로 주위에 있는 100마리의 몬스터가 소리를 질렀다.

이 정도 소리라면 아무리 멀리 있다고 해도 하얀 로브에게 들릴 것이다.

울음소리가 작아지고 있다. 이제는 아무리 뼈를 부서뜨려도 몬스터들이 목소리가 커지지 않고 있었다.

이미 그들의 목은 목소리를 내지 못할 정도로 망가져 있었다.

한 시간이 넘게 소리를 질렀으니 목이 쉬는 것이 당연할지도 몰랐다.

하지만 몬스터들의 사정을 봐줄 수는 없다.

구슬에 갇힌 부대원들을 생각하면 더더욱 그들을 불쌍하게 생각할 수는 없었다.

소리는 점점 작아지고 쇠 긁는 소리만이 나기 시작했다.

"울어라. 울지 못하면 죽는다."

오크 다음으로 울음을 터뜨린 고블린이 더는 목소리를 내지 못하고 있다.

그는 이제 필요 없다. 고블린의 목을 베어내고 다른 몬스터들을 쳐다보았다.

자신들의 동료가 목숨을 잃자 갖은 힘을 짜내어 울음소리를 키우는 몬스터들이었지만 얼마 되지 않아 그들도 소리를 내지 못하게 되었다.

"전부 죽어라."

튼튼한 목청을 가지고 있는 오크를 제외한 모든 몬스터의 머리가 터져 나갔다.

뇌수가 사방을 적시고 있었고 피 냄새가 시큼하게 풍겨왔다.

"너의 주인은 너희들이 죽는 것에 큰 관심이 없어 보이는구나."

처음보다는 작았지만 여전히 큰 소리로 울고 있는 오크는 공포심에 절어 있었다.

담배 생각이 간절히 났다. 하얀 연기와 함께 우울한 기분을 날려 버리고 싶었지만 담배를 마지막으로 본 게 언제인지 기억도 잘 나지 않았다.

울고 있는 오크를 두고는 다리를 움직였다. 여기에 있어봤자 하얀 로브의 사내가 올 것 같지 않았다.

일단은 홍콩에 있는 모든 몬스터를 죽일 생각이었다.

그러다보면 하얀 로브가 나타날지도 모른다.

"소리 질러라. 그렇지 않으면 죽인다."

같은 대사를 반복하며 몬스터들이 울부짖게 만들었다. 더는 목소리를 내지 못할 정도가 되면 머리를 잘라 버리고는 다른 몬스터들을 찾아 나섰다.

어둠이 찾아오고 빛마저 잠이든 시간에도 멈추지 않았다.

자고 있는 몬스터를 강제로 깨워 소리를 지르게 만들었다. 하루 종일 몬스터의 비명 소리가 홍콩을 떠나지 않았지만 소용이 없었다.

몬스터의 울음 정도 가지고는 그를 불러내지 못할 것 같다는 생각이 들었고 방법을 바꾸기로 했다.

수십만 단위의 몬스터들이 죽어나간다면 그가 모습을 드러낼지도 모른다.

홍콩에 있는 몬스터들을 보이는 대로 죽이기 시작했다.

바람의 칼날이 사방으로 날아들었고 불구덩이가 수십 개 생겨났고 몬스터의 더러운 시체로 만든 산이 만들어지고 있었다.

내가 만든 작품을 감상하고 있을 때 하나의 기운이 다가오고 있는 것이 느껴졌다.

그토록 찾아 헤매던 하얀 로브의 기운이었다.

"무슨 짓을 저지른 것이냐. 감히 나의 영역에서 생명을 앗아가는 행동을 하다니."

하얀 로브가 생명의 수호자라고 했던가?

"그렇다면 너도 나의 목숨을 뺏어 가면 되겠네. 아! 너는 살생을 하지 못한다고 했던가?"

목을 쭉 내밀어 그에게 들이밀었다. 이것이 그의 약점이다.

그는 강대한 기운을 가지고 있었지만 직접적으로 살생을

하지 못한다고 했었다.

그랬기에 나를 구슬에 가두었었고 부대원들을 구슬에 가
둔 것이었다.

"너를 가만두지 않겠다."

"나와 같은 생각을 하고 있었군. 나도 너를 가만히 두지 않
을 생각이었거든."

그에 대한 분노가 가슴 깊숙한 곳에 뿌리를 내렸다.

분노가 꽃을 피우기 전에 그를 지우고 싶었다.

그의 손이 움직인다. 그의 몸에서 강한 생명의 기운이 느껴
진다.

"또 그 짓이냐. 매번 당할 정도로 내가 멍청해 보였나?"

그의 손에서 하얀 구슬이 만들어지고 있고 나를 저 방에 가
둘 생각 같았다.

죽음의 기운을 끌어 올려 그가 구슬을 완전히 만들어내기
전에 선수를 쳐 기운을 빨아들였다.

그는 가두는 능력 말고는 나를 공격할 수단이 없어 보였다.

하얀 로브가 당황하고 있었다. 그가 구슬을 만들어낼 때마
다 생명의 기운을 흡수했다.

"내가 그렇게 멍청하지 않다니까."

그는 멈추지 않고 구슬을 만들어냈다. 나는 이미 흡수한 구
슬의 숫자가 10을 넘어가고 있었다.

"계속 흡수하거라. 얼마나 많은 양의 생명력을 흡수할 수

있는지 지켜보겠다."

그는 포기하지 않고 또 구슬을 만들어냈다. 이제는 구슬이 나를 가두지 못한다는 것을 그도 알고 있을 것이다. 그런데 왜 계속해서 구슬을 만들어내는 걸까?

또다시 만들어내는 구슬을 흡수하자 억지로 제어하고 있었던 금단현상이 도졌다. 생명의 기운을 흡수하는 순간 금단현상이 찾아온다. 입술이 마르고 손발이 떨려온다.

내가 흡수할 수 있는 기운을 넘어선 것이다.

그의 의도를 이제야 짐작할 수 있었다.

먹이를 먹은 줄 잊어먹은 금붕어가 계속해서 사료를 먹으면 배가 터져 죽는다.

그는 그것을 노리고 있는 것이다.

자신의 기운을 계속 나에게 주입해 내 몸이 폭주하는 것을 기다리고 있는 것이었다.

그의 노림수를 알아차렸지만 이미 금단현상은 극에 달해 있었고 생명의 기운을 흡수하는 것을 멈출 수가 없었다.

그가 구슬을 만들어내면 나도 모르게 구슬을 향해 몸을 움직였다.

먹이를 기다리는 개처럼 그의 손에서 눈을 뗄 수가 없었다.

그가 얼마나 많은 생명의 구슬을 만들 수 있을까?

500명이나 되는 부대원들을 가둔 구슬을 순식간에 만들어낸 그였다.

그가 가지고 있는 생명력은 한계가 없어 보였다.

이대로는 안 된다. 배가 터져 죽는 금붕어의 신세가 될 수는 없다.

당장 생명의 기운을 방출하지 않는다면 기운이 폭주할지도 몰랐다.

기운을 방출할 방법을 찾아야 했다.

죽음의 기운이 흡수할 수 있는 생명의 기운이 과포화 상태에 다다랐다.

생명의 기운을 사용하는 방법은 하나밖에 떠오르지 않았다.

뚜두둑.

억지로 왼팔을 비틀어 뜯어내었다. 금단현상 때문인지 고통이 느껴지지 않았다.

생명의 기운을 소모하기 위해서는 몸에 상처를 내어 재생력을 사용하면 되지 않을까 생각했고 틀리지 않았다. 죽음의 기운이 마저 흡수하지 못한 생명의 기운이 왼팔을 재생시키고 있었다.

1초도 되지 않아 뼈가 돋아 나왔고 온전한 팔의 모습으로 돌아왔다.

팔을 재생하는 데 소모된 생명의 기운은 극소량이었다.

팔로 부족하다면 다리를 뜯어내면 된다. 재생된 왼팔을 다시 뜯어내었고 다리마저 잘라내었다.

이번에도 역시 엄청난 속도로 재생이 되었고 약간이지만 생명의 기운이 줄어드는 것이 느껴졌다.

방법이 틀리지 않았다. 고통이 느껴지지 않는 것이 행운이었다.

만약 고통이 느껴진다면 절대 이 짓을 하지 못했을 것이다.

오른손에 죽음의 기운을 모아 하얀 로브가 만들어내는 구슬을 흡수하면 사지의 일부를 잘라내는 미친 짓거리를 계속했다. 하지만 재생에 사용되는 생명의 기운보다 그가 만들어내는 생명의 기운이 더 많았고 금세 폭주 직전의 상태로 돌아갔다.

이제는 다른 방법이 없다. 하얀 로브의 팔을 잡아채었다. 그는 내가 자신의 손을 잡아끄는 것은 신경도 쓰지 않고 계속해서 생명의 구슬을 만들어내었고 기운의 폭주가 가속화되고 있었다.

죽음의 기운은 육체가 터지는 것은 신경도 쓰지 않고 아귀처럼 생명의 기운을 받아 처먹었다.

그의 팔을 강하게 끌어당겼다. 하얀 로브의 새하얀 팔뚝이 모습을 드러낸다.

금단현상 때문인지 하늘과 땅이 바뀌는 느낌을 받았다. 시야가 좁아지고 환청이 들려온다.

천사의 목소리가 들려왔다. 알아듣지 못하는 말로 내 귓가에 속삭인다.

하얀 빛덩어리들이 사방을 떠다니고 있다. 주변 환경이 점점 사라지고 눈이 멀어가고 있었다.

지금 보이는 것은 하나뿐이었다. 하얀 로브의 몸과 얼굴은 빛에 가려 보이지 않았다.

내가 붙잡고 있는 그의 팔뚝만이 시야에 들어 왔고 내 마음처럼 움직이지 않고 있는 얼굴을 억지로 들어 그의 팔뚝을 향해 움직였다.

그의 팔뚝에 이빨 자국을 만들었지만 피가 흐르지 않았다. 피를 대신해 빛이 상처에서 터져 나온다.

하얀 로브의 사내의 몸 안에는 피가 없는 걸까?

피가 없는 그의 능력을 흡수할 수 있을까?

아무런 생각도 들지 않는다. 지금은 오로지 생명의 기운에 몸을 맡겼다.

죽음의 기운은 더는 생명의 기운을 흡수하지 못하고 도로 토해내고 있었다.

조만간 기운이 폭주할 것이다.

기운이 폭주하게 된다면 고통스럽겠지?

하얀 방을 탈출하기 위해 기운을 폭주시킨 경험이 있었다. 그때 생전 처음 느껴보는 고통이 나를 괴롭혔었다. 하지만 지금은 고통이 느껴지지 않으니 그때보다는 아프지 않을 것이다.

금단현상과 기운의 폭주 때문에 현실감각이 사라졌다.

내가 위험한 상황에 처해 있다는 것은 알고 있었지만 심각하게 생각되지 않았다.

힘을 흡수할 때면 항상 희열과 전율을 느낀다. 하지만 지금은 전혀 느껴지지 않았다.

내가 빛에 흡수되고 있는 걸까? 아니면 빛이 나에게 흡수되고 있는 걸까?

빛과 내가 하나가 되고 있었다. 육체가 사라지고 빛으로 변하고 있었다.

*   *   *

빛이 약해지고 육체가 돌아왔다. 심장이 펌프질을 하며 혈액을 돌리고 있었다.

손가락을 움직여 보았다. 근육이 돌아왔는지 어렵지 않게 움직였다.

손가락이 움직이자 이번엔 발에 힘을 주었다. 꼼지락거리는 발가락. 종아리와 허벅지에도 힘이 들어간다. 바닥에 손을 대고 몸을 일으켜 세우고 무거운 눈꺼풀을 들어 올려 주위를 둘러보았다. 강한 빛을 만들어내는 존재가 보이지 않았다.

그가 있었던 곳에는 하얀 로브만이 덩그러니 남아 있었고 그의 기운이 근처 어디에서도 느껴지지 않았다.

"끝난 건가?"

기운을 돌려보았다. 몸 안에는 오행의 기운과 죽음의 기운보다 많은 생명의 기운이 느껴진다. 생명의 기운은 다른 기운처럼 아랫배에 집중되어 있는 것이 아니라 전신을 가득 채우고 있었다.

이제 죽을 일은 없겠군. 아무리 심한 상처를 입는다고 해도 생명의 기운이 몸을 가득 채우고 있는 한 순식간에 재생이 될 것이다.

몸에 들어 있는 생명의 기운에 놀라할 때가 아니다. 하얀 로브가 사라진 지금 부대원들이 어떻게 되었는지 모르는 상황이다. 급히 발을 굴려 부대원들을 묻어놓은 장소로 이동했다.

500대의 슈트가 덩그러니 놓여 있는 장소는 싸늘한 기운이 가득했다.

좀비 같은 언데드가 나온다고 해도 이상할 것 없었다.

푹.

땅에서 손 하나가 올라왔다. 생각이 현실이 된 건가?

언데드가 땅속에서 올라오고 있다고 생각했다.

생명의 기운을 시험해 보기 좋은 순간이다. 손 하나가 올라오는 땅에 생명의 기운을 퍼부었다. 언데드는 생명의 기운에 약한 몬스터다. 생명의 기운이 몸에 닿는 순간 재로 변할 것이다.

"생명의 기운이 언데드에 소용이 없나?"

넘치는 생명의 기운을 제대로 제어하지 못했기에 많은 양의 생명의 기운을 언데드에게 퍼부었지만 재가 되어 사라지기는커녕 땅속에서 솟아오르고 있는 손은 그대로였다.

하나의 손이 아니었다. 수십 개의 손이 동시에 땅 위로 올라오고 있었다.

다시 생명의 기운을 그들에게 쏘아 보냈고 순식간에 주위는 환하게 밝아졌다.

"아, 죽는 줄 알았네. 우리의 귀환을 축복하는 중이냐?"

"사장님!"

손의 주인공은 사장과 다른 부대원들이었다.

그들이 구슬에서 빠져나와 땅을 파고 올라오는 중이었다.

"겨우 하얀 방을 빠져나왔는데 왜 하필 땅속이냐. 나는 죽어서 무덤에 들어가 있는 줄 알았잖아."

구슬이 몬스터에게 부서지지 않게 하기 위해 땅속 깊은 곳에 묻어두었었다.

"죄송해요. 제가 늦었네요."

"한두 번도 아니고 네가 늦는 건 익숙하니까 사과할 필요까지는 없어, 인마."

다행히 부대원들은 건강한 모습을 하고 있었다.

생명의 기운을 퍼부어 주어서 그런지 얼굴에 화색까지 돌고 있었다.

"이 빛은 뭐냐? 피로가 싹 가시는 효과가 있네. 우리를 하얀 방에 가둔 미친놈을 잡았냐?"

"네, 그 미친놈을 잡아 먼지로 만들어 버렸습니다."

"너 하얀 방에서 1년인가 갇혀 있었다고 했지? 진짜 대단하다. 진짜 욕 나오더라. 거기서 어떻게 1년이나 있었냐. 나는 반나절 있는데도 정신병 걸릴 뻔했는데."

옷에 묻은 흙을 털어내며 농을 던지는 사장이었다. 다시는 못 볼지도 모른다고 생각했던 부대원들의 모습을 보자 눈물이 터져 나올 것만 같았다.

"울지 마라. 남자의 눈물은 딱 질색이니까."

"제가 언제 울었다고 그러십니까."

눈물을 급히 닦아내고는 부대원들을 몸을 일일이 살펴 봐주었다. 하지만 다친 사람은 아무도 없었다.

"이제 중국에서 일은 끝난 거냐?"

슈트로 장벽을 만들어 놓고는 그 안에서 모닥불을 피웠다.

불을 보고 다가올 몬스터가 주위에는 없었다. 하얀 로브를 찾기 위해 주변의 몬스터들을 모조리 사냥했기 때문이다.

"네, 이제 한국으로 돌아가면 될 것 같습니다."

"그래? 다른 나라도 중국과 마찬가지일 것 같은데. 안 도와줘도 되겠냐?"

"우리 코가 석 자예요. 일단 한국부터 완전히 정리하고 일본 수련생들을 도와주러 가죠."

"일본의 사정도 좋지 않겠지. 2기 수련생들이 고생이 많겠어."

"그라니안의 보금자리에 있으니 크게 걱정은 하지 않아도 될 거예요."

"그래도 고향을 떠나 몬스터 월드에서 살고 있는 게 편하지는 않을 거다. 빨리 정리하고 그들을 도와주자."

"알겠습니다. 일단은 한국으로 돌아가서 생각하는 걸로 하죠."

중국을 영역으로 삼고 있는 하얀 로브가 사라진 순간부터 몬스터 도시를 이루고 있는 몬스터들의 제어가 제대로 되지 않을 것이다. 몬스터 도시 안에서 약육강식의 피바람이 불고 자기들 스스로 숫자를 줄일 것이다.

"오늘은 푹 쉬고 내일 한국으로 출발하겠습니다."

부대원들은 하얀 방에 갇혀 있었던 후유증을 각자의 방식으로 떨쳐 내고는 잠자리에 들었다.

한국으로 돌아오는 길은 중국으로 갈 때보다 훨씬 편안한 이동이 되었다.

몬스터들의 도시는 이미 보이지 않았고 소수의 몬스터는 우리의 모습을 보고 덤벼들지 못했다. 마정석 수급을 위해 몬스터를 사냥하는 것 말고는 전투가 벌어지지 않았다.

우리는 다리에 부착된 마정석 엔진이 낼 수 있는 최고 출력을 사용하여 이동하였고 2주가 되지 않아 한국에 도착할 수 있었다.

한국으로 돌아오는 길에서 많은 생각을 했다. 특히 11명의 제자에 대해서.

이제 10명이 되어버린 그들 중 몇 명이 인간 세상으로 넘어왔을 것이다.

그들이 여기로 넘어온 이유가 무엇인지에 대해서 아무리 생각해 보아도 답이 나오지 않았다. 만약 내가 그들이라면 무엇을 할까?

신과 비슷한 능력을 가지고 있는 그들이라면 스스로가 신이 되고 싶을 것이다.

몬스터들을 이용해 나라를 만들고 다스리고 싶어 하지 않을까?

하지만 그들의 능력이라면 몬스터 월드에서도 충분히 신처럼 지낼 수 있을 것이다.

굳이 인간 세상으로 넘어와 영역을 구축하는 이유가 뭘까?

자신의 스승이 봉인되어 있는 몬스터 월드에서 떠나고 싶어서? 아니면 새로운 곳을 개척하고 싶어서? 이유가 어찌 되었든 그들이 인간 세상으로 넘어온 순간부터 일은 복잡해졌다. 언제가 되었든 그들과의 충돌은 불가피했다.

"모두 수고했네. 자네들이 오기를 기다리며 잔치를 준비해 놓았다네. 오늘은 실컷 먹고 마시게나."

도시에 도착하자 많은 환영단이 우리를 반겼다. 어디서 구했는지 꽃잎까지 뿌리며 우리를 환영했고, 부대원들은 예상 치 못한 격한 환영에 부끄러워하고 있었다.

그들이 언제 이런 대우를 받아보았겠는가.

헌터로서의 삶은 일반인보다 부유하게 지낼 수는 있었어 도 존경을 받기는 어려운 직업이었다. 마교인들은 존경은커 녕 핍박과 비난을 받으며 살아왔기에 도시 전체가 환영을 하 는 이 자리가 익숙할 수가 없었다.

"감사합니다. 모습을 보아하니 몬스터의 침략은 없었나 보 네요."

"딱히 없었다네. 소규모의 침략은 있었지만 그때마다 이자 벨 님이 모두 해결해 주었다네."

이자벨의 존재를 모르는 사람은 이제 도시에 없었다.

그녀의 정체가 뱀파이어라는 사실을 아는 사람은 없었지 만 그녀가 도시를 수호하고 있다는 것은 모두 알고 있었다.

고양이로 변해 다가오는 이자벨의 등을 어루만져 주고는 부대원들을 향해 말했다.

"모두 오늘은 즐기도록 하세요. 술에 취해 사고만 치지 마 세요."

"사고를 칠 정도로 마실 술은 있고?"

자급자족이 가능할 정도의 식량 보급 상황은 되었지만 그 렇다고 해서 많은 양의 술을 만들 정도로 곡식이 남아돌지는 않았다.

"말이 그렇다는 거죠. 그럼 사고 치라고 말할 수는 없잖아
요."

나와 사장의 만담이 부대원들을 즐겁게 해주었고 맛있는
냄새가 후각 또한 즐겁게 해주었다.

한국으로 돌아오고 가장 먼저 한 일은 청소였다.

한국을 더럽히고 있는 몬스터들을 찾아내어 소탕했고 그
러는 동안 어디선가 숨어 있던 사람들이 속속 모습을 보이기
시작했다. 정부의 고위급 인사들과 헌터 협회 소속 헌터들도
모습을 드러냈다. 그들은 어디에 숨어 있었는지는 몰라도 상
처 하나 입지 않은 모습으로 돌아왔다. 확실히 자신들의 안전
은 무슨 일이 있어도 지키는 사람들이었다.

한국에 있는 몬스터들을 청소하고 나자 이제는 여유가 생
겼다.

시간 날 때마다 그라니안의 보금자리에 자리를 잡고 있는
2기 수련생들을 찾아갔다.

한국이 정리되는 대로 그들을 도와주고 싶었기 때문이다.

"조나단 님. 현재 만들어 놓은 슈트가 몇 대나 있습니까?"

"도시 개발 때문에 많은 수의 슈트를 만들지는 못했다. 겨
우 50대 정도의 슈트만을 만들어놓았다. 급히 필요하다면 도
시 개발을 멈추고 슈트 제작에 몰두할 수는 있다."

이제는 한국말이 능숙한 조나단이었지만 절대 나에게 말

을 높이지 않았다.

신 교수나 마을 사람들에게는 말을 높이면서 말이다.

생각보다 지난 일을 가슴에 담아두는 스타일이었다.

"50대면 충분할 것 같네요. 한국이 정리되었으니 이제 일본 몬스터들을 정리하고 싶어서 말입니다. 슈트를 일본 헌터들에게 공급해 주어도 괜찮겠죠?"

"결정은 내가 아니라 네가 하는 것이다. 주겠다고 해도 나는 상관없다."

그라니안의 보금자리에 살고 있는 일본 헌터들에게 슈트를 공급해 주고 싶었지만 텔레포트를 통해 이동시킬 수 있는 슈트의 양은 한계가 있었다.

매일같이 슈트를 들고 나를 수는 없는 일이다. 그 문제를 해결해 줄 사람이 지금 눈앞에 있다.

"조나단 님. 슈트를 일본 헌터에게 공급해 주고 싶은데 도움이 필요합니다."

그는 똑똑한 사람이다. 내가 하고 싶어 하는 말을 이해하지 못했을 리가 없었다. 하지만 그는 아무것도 모르겠다는 표정을 하고 있다. 정말 뒤끝이 있는 사람이었다.

"부탁드리겠습니다."

고개를 숙여 부탁을 하자 그의 표정이 바뀌었다.

"알겠다. 자네의 목걸이 안에 들어가면 되는 거겠지?"

조나단이 50대 분량의 슈트를 흡수하고는 나의 목걸이로

들어갔고 나는 그를 목걸이에 담은 상태로 그라니안의 보금
자리로 텔레포트했다.

그라니안의 보금자리가 일본 헌터들의 마을로 변한 지 오
래였다.

활기차게 움직이는 사람들을 보며 귀찮아하는 것처럼 보
이는 그라니안이었지만 싫지는 않아 보였다. 그는 은근히 시
끄러운 상황을 즐기고 있었다.

"선물을 가지고 왔습니다. 모여보세요."

수련을 마치고 마을에서 시간을 보내고 있던 2기 수련생들
이 갑자기 나타난 나에게 모여들었다.

"교관님 언제 오셨습니까."

"방금 왔습니다. 다들 모인 건가요? 제가 여러분에게 드릴
선물을 가지고 왔습니다. 기대를 하셔도 좋습니다."

빈손으로 보이는 내가 선물을 준비했다고 하니 다들 어리
둥절한 표정을 짓고 있었다.

"조나단 님, 이제 나오세요."

목걸이에서 쇳물이 흘러내리기 시작했다. 처음 보는 명장
면에 2기 수련생들은 놀라워하는 표정으로 목걸이를 바라보
았고 쇳물이 점점 사람의 형상으로 변하자 입을 다물지 못하
고 있었다.

터미네이터 영화의 액체 로봇처럼 쇳물이 회색에서 점차

살색으로 변해갔고 조나단이 나타났다.

"지금 슈트를 꺼내면 되는 건가?"

"네, 부탁드리겠습니다."

조나단의 손에서 다시 엄청난 양의 쇳물이 흘러나오기 시작했다.

미국에서 있을 때보다 훨씬 강해진 힘을 가지고 있는 조나단이었기에 슈트 50대 분량을 몸에 보관해서 가지고 올 수 있었고 슈트들은 줄을 맞춰 2기 수련생들의 앞에 나타났다.

"전에 제가 말씀드렸었죠? 이게 그 슈트입니다."

나는 중국 정벌을 마치고 한국으로 돌아와 몇 번이나 2기 수련생들을 찾아왔었고 슈트와 마정석 무기에 관해서 그들에게 얘기를 한 적이 있었다.

"이게 그 슈트입니까?"

"제가 말한 선물이 바로 슈트입니다."

착용법과 조작법을 간단히 설명해 주자 그들은 능숙하게 슈트를 착용해 움직였고 연신 감탄사를 쏟아내었다.

"정말 대단합니다. 이 슈트를 착용하고 있으면 몇천 마리의 몬스터라고 해도 상대할 수 있을 것 같습니다."

자신이 만든 슈트를 칭찬하는 2기 수련생들의 말에 흡족한 미소를 지어 보이는 조나단은 더욱 자세하게 슈트 사용법을 설명해 주었고, 2기 수련생들은 금세 능숙하게 슈트를 조작할 수 있었다.

새로운 장난감을 가지게 된 2기 수련생들은 한참이나 슈트를 가지고 놀았고 식사 시간이 되어서야 슈트에서 내려왔다. 마을 사람들이 만든 간단한 음식을 먹으며 우리는 나머지 얘기를 나누었다.

"조만간 우리가 일본으로 찾아갈 생각입니다. 그전에 거점을 확보할 수 있으면 좋겠네요."

"알겠습니다. 슈트가 있다면 몬스터들을 뚫고 거점을 확보할 수 있습니다."

"이미 배는 수소문해서 구해놓았고 1주 안에 일본에 도착할 수 있을 것 같네요. 우리가 도착하기 전까지 너무 무리는 하지 마세요."

"알겠습니다. 위험한 상황이 닥치면 이곳으로 다시 피하겠습니다."

앞으로의 계획에 대해 2기 수련생들과 대화를 나누고 있을 때 그라니안이 불쑥 모습을 드러냈다.

"내 선물은 없나?"

자신만 소외받는다고 생각한 건지 선물을 요구하는 그라니안이었다.

"당연히 준비했지. 특별히 오늘은 네 수련을 봐줄게."

떼쓰는 아이에게는 매가 약이었다.

제6장
골육상잔

　2기 수련생들에게 슈트 50대를 공급해 주고 바로 다음 달 우리들은 일본을 향해 움직였다.

　미리 수소문해서 구해놓은 배들은 생각보다 멀쩡해 보이긴 했지만 혹시나 하는 마음에 조나단을 데리고 와 수리를 부탁했고 조나단을 다시 마을에 데려다 놓고는 곧장 배에 올라탔다.

　하루가 걸려 일본에 도착했고 몬스터의 소굴로 변한 일본을 청소하기 시작했다.

　10명의 제자의 영향력이 일본에는 강하게 미치지 않았는지 몬스터 도시는 건설되어 있지 않았고 단지 많은 수의 몬스터가 활보할 뿐이었다.

"중국에 비하면 완전 껌인데."

"그렇네요. 최대한 빠르게 2기 수련생들과 합류하는 것이 좋을 것 같습니다."

500대의 슈트를 보유한 우리에게는 몬스터들이 무서운 존재가 아니었지만 일반적인 사람이나 능력이 미흡한 각성자들에게는 수백만의 몬스터들이 공포의 대상으로 느껴질 것이었다.

쇼크 건을 이용해 수많은 몬스터들을 사냥하며 도쿄로 올라갔고 이미 도쿄를 정리한 2기 수련생들과 합류할 수 있었다.

"생각보다 빨리 도쿄를 탈환하셨네요."

"전부 슈트 덕분입니다. 그리고 마정석 수류탄도 큰 도움이 되었습니다. 자연계 몬스터를 사냥할 때는 슈트보다 마정석 수류탄이 더욱 효과적이었습니다."

그가 하는 말은 사실이었다. 자연계 몬스터를 상대하기 위해서는 마정석 수류탄이 필수였다.

슈트를 입는다고 해서 특수한 능력이 생기는 것은 아니었다. 단지 거대한 육체와 강한 힘을 사용할 수 있는 것이었고 자연계 몬스터들을 슈트를 입었다고 해서 쉽게 상대할 수 있는 존재들이 아니었다.

마정석 수류탄의 파괴력이 있어야 자연계 몬스터들을 피

해 없이 사냥할 수 있었다.

"다른 지역도 빠르게 청소해 나가야겠네요. 도쿄를 청소했다고 해서 일본이 안전해지는 것은 아니니까요."

"감사합니다. 일본이 안전해진다면 전부 교관님 덕분입니다."

한국의 경우에는 정부 고위급 인사와 헌터 협회의 사람들이 소수나마 살아남았지만 일본은 그렇지 못했다.

숨어 지냈던 한국 정치인들이 잘했다는 것은 아니었지만 그래도 나라를 경영할 사람이 필요한 건 사실이었다.

"최대한 생존자들을 구해내야 합니다. 얼마나 많은 수의 생존자가 있을지는 모르지만 분명 몬스터를 피해 살아남은 생존자들이 있을 겁니다."

바퀴벌레의 생존력이 모든 생물을 통틀어 가장 강하다고는 하지만 사람의 생존력도 만만치 않았다.

그들을 모아 도시를 세우고 발전시키지 않는다면 인류가 정말 멸망할지도 몰랐다.

"바로 움직이도록 하겠습니다. 3개의 조로 나누어 이동하겠습니다."

550명의 인원이 동시에 움직일 필요는 없었다. 이미 몬스터와의 전투에 익숙한 부대원들이었고 아무리 많은 몬스터라고 해도 그들은 순식간에 제압할 능력이 있었다.

세방향으로 우리는 나뉘어졌고 나는 가장 적은 수로 구성

된 2기 수련생들을 따라 움직였다.

1부대는 나고야 방향으로, 2부대는 나가노 방향으로, 그리고 내가 포함된 3부대는 요코하마를 탈환하기 위해 움직였다.

일방적인 학살이 자행되었다. 쇼크 건에 감전되어 쓰러진 몬스터들을 짓밟고 계속해서 전진했다.

하루에 한 개의 도시를 탈환하고 있었다. 우리는 비슷한 시간에 목표한 도시를 탈환하고 다시 도쿄로 모였다.

우리의 뒤에는 생존자가 따라붙었고 전부 도쿄로 데리고 돌아왔다.

도쿄에 모인 사람의 숫자는 겨우 10만에 불과했다.

그들에게는 새로운 지옥이 시작되는 것일지도 몰랐다. 몬스터가 없다고 한들 삶이 나아지지는 않는다.

식량을 구하기 힘들 것이고 아무리 우리가 지원을 해준다고 해도 정상적인 생활을 하기 위해서는 오랜 시간을 견뎌내야만 했다.

"여유분의 식량을 모두 지원해 주긴 하겠지만 부족한 양일 겁니다. 빨리 농사를 시작해야 합니다."

"주변을 둘러본 결과 아직 파괴되지 않은 논과 밭을 발견할 수 있었습니다. 상황이 생각보다 심각하지는 않습니다."

"그렇다면 다행이네요."

2기 수련생의 대표인 요이치가 도쿄의 지도자가 되었다.

일본에서 유일하게 남은 도시라고 부를 수 있는 도쿄의 지도자는 일본 전체의 지도자와 다를 바가 없었다.

"저희는 이만 돌아가 보겠습니다."

"정말 감사합니다. 교관님이 아니었다면 일본은 몬스터의 땅으로 평생토록 지내야만 했을 겁니다. 사람들은 몬스터를 피해 도망자 신세가 되어 떠돌아다니고 우리들은 영원히 그라니안 님의 보금자리에서 살아야 했을 겁니다."

"일본을 잘 다스리기 바랄게요. 좋은 지도자가 될 겁니다."

부대원과 2기 수련생들은 같이 수련을 했던 적이 있던 사이였기에 국적이 어떻게 되었든지 상관치 않고 서로를 진심으로 걱정하고 헤어짐을 아쉬워하며 각자의 길로 돌아섰다.

우리는 다시 배를 타고 한국으로 이동해 장벽이 지키는 대구로 도착했다.

마을에 도착하자 카린이 급하게 나를 찾아왔다.

"추용택 님, 큰일 났습니다."

"무슨 일입니까?"

몬스터의 위험이 없다고 생각하는 이곳에서 큰일이라고 할 일은 딱히 없다고 믿고 있었다.

"이자벨 님이 움직이지를 않습니다. 몸이 불덩어리처럼 들끓고 있습니다."

카린의 말에 나는 빠르게 집으로 이동했고 창백한 얼굴로 침대에 누워 있는 이자벨을 바라보았다.

"어디가 아픈 거야? 정신 좀 차려봐."

이자벨에게 생명의 기운을 쏟아부었다. 그녀의 몸에는 생기가 모조리 빠져나가 있었다. 생명의 기운이 그녀에게 도움이 될 것 같았다.

내 생각이 맞았는지 그녀의 눈이 천천히 떠지기 시작했다.

"죄송합니다. 이런 꼴을 보이고 싶지 않았는데."

"갑자기 왜 쓰러진 거야?"

"저도 정확한 이유를 모르지만 아마 뱀파이어 일족에 문제가 생긴 것 같아요."

"뱀파이어 일족에 문제가 생기다니?"

"뱀파이어 일족의 여왕인 저희 어머님에게 변고가 생겨 제 피가 마르고 있는 것 같아요. 저는 주인님에게 피의 종속을 받았지만 저희 피는 어머니와 연결되어 있어요. 제 피가 마르고 있다는 것은 어머니의 피가 마르고 있다는 뜻과 다르지 않아요."

이자벨은 나에게 소중한 존재였다. 세계에 들끓고 있는 몬스터들을 처리하는 일보다 이자벨의 생명이 나에게는 중요했다. 일본을 정리한 다음 우리는 유럽을 향해 이동하기로 계획했었지만 이자벨의 생명에 위험이 생긴 지금 그 계획은 전면 수정되어야 했다.

나에게 생명의 기운을 받아도 기운을 차리지 못하는 이자벨을 침대에 누여놓고는 사장을 찾았다.

앞으로의 계획을 수정하기 위해 그와 대화를 해야 했다.

"사장님, 저 잠시 이자벨과 함께 몬스터 월드를 다녀와야 할 것 같습니다."

"이자벨이 아프다는 얘기는 신 교수를 통해 들었다. 심각한 상황이냐?"

"심각합니다. 당장 방법을 찾지 않는다면 이자벨이 죽을지도 모릅니다."

생명의 기운을 아무리 퍼부어도 그녀는 겨우 정신만 차릴 수 있을 정도로 회복될 뿐이었다.

"그렇다면 뭐하는 거냐, 얼른 움직여야지. 일단 우리가 먼저 유럽을 향해 출발할 테니 걱정 말고 이자벨 님의 치료에 몰두해라."

500명의 부대원이라면 내가 없다고 해도 유럽에 있는 몬스터들을 정리할 수 있을 것이었다.

10명의 제자가 유럽에 없다면 말이다.

"사장님, 일단 유럽 탈환 계획은 멈춰주세요. 제가 돌아오면 그때 같이 유럽으로 이동하는 것으로 하겠습니다. 그때까지 한국을 부탁드립니다."

한국에 있는 몬스터들을 정리했다고는 하지만 아직 숨어 있는 몬스터들이 남아 있었다.

유럽으로 가지 못한다면 한국에 남아 있는 몬스터들을 소탕하는 것이 좋아 보였다.

"그래, 알겠으니 빨리 움직여. 이러다가 돌이킬 수 없는 일이 생길지도 모른다."

나보다 이자벨을 더 걱정하는 사장은 나의 등을 떠밀다시피 했고 나는 그녀를 안고 몬스터 월드로 들어갔다.

"여기서 뱀파이어 혈족이 살고 있는 도시까지 얼마나 떨어져 있지?"

"동쪽으로 3개의 산을 넘고 한 개의 강을 건너면 뱀파이어 도시가 보일 거예요."

한마디의 말을 할 때마다 고통스러워하는 이자벨이었다. 그녀는 뱀파이어 도시가 있는 대략적인 위치만을 말하고는 쓰러졌고 그녀를 들쳐 업고 하늘을 날아 산을 넘었다.

그녀의 말대로 3개의 산을 넘자 강이 모습을 보였고 강 또한 단숨에 건넜다.

강을 건너자 자욱한 안개가 시야를 가렸다.

"이자벨, 여기가 뱀파이어의 도시야?"

이동하는 동안 그녀에게 꾸준히 생명의 기운을 보내주었고 그녀를 깨우기 위해서 많은 양의 생명의 기운을 한 번에 주입해 주었다.

"멀지 않은 곳에 뱀파이어 성이 있습니다. 뱀파이어 혈족의 자랑인 혈궁에 저희 어머님이 있을 거예요."

뱀파이어의 도시에 도착하자 그녀는 억지로 정신을 부여잡고 혈궁이 있는 곳으로 나를 안내했다.

이자벨의 안내에 따라 안개를 누비며 이동하자 핏빛으로 물든 성이 보였다.

왜 혈궁이라고 불리는지 성의 모습을 보자마자 이해할 수 있었다.

피로 만든 성이라고 해도 믿을 정도로 빨간 성이 음침한 기운을 뿜어내고 있었고 성안에 무슨 변고가 닥쳤다는 것을 본능적으로 느낄 수 있었다.

성문을 지키는 뱀파이어의 모습도 보이지 않았다. 아무리 자신들의 강함을 자신한다고 해도 성문을 비워두지는 않을 것이다.

끼이익.

성문을 열자 낡은 경첩이 녹슨 소리를 내었다.

"5층이 저희 어머님이 사시는 곳입니다."

혈궁의 최고층인 5층으로 이동하는 길목에는 죽은 지 오래되어 보이는 뱀파이어들이 아무렇게나 널브러져 있었다. 치열한 전투가 벌어진 듯 성의 곳곳은 부서져 있기도 했다.

5층에 도착하자 화려한 문이 굳게 닫혀 있었다.

"이 문은 뱀파이어 혈족이 아니라면 열지 못하는 문입니다. 제 손에 상처를 내주세요."

그녀의 손끝에 살짝 생채기를 내었고 그녀는 자신의 피를 문고리에 발랐다.

문은 그녀의 피에 반응하여 입을 벌리기 시작했는데 나는 기다리지 못하고 문을 거세게 밀어 강제로 방 안으로 들어갔다.

"어머니!"

방 안에는 그녀의 어머니이자 뱀파이어 일족의 여왕으로 보이는 여성이 숨을 헐떡이며 의자에 앉아 있었다.

그녀의 옷에는 혈흔이 가득했고 금방이라도 죽을 것만 같은 모습이었다.

"이제야 왔구나. 너를 보지 못하고 죽는다고 생각했었단다."

억지로 미소를 만들어내는 뱀파이어 여왕은 손을 들어 올려 이자벨의 머릿결을 만지고 싶어 했지만 그녀에게는 그럴 힘도 남아 있지 않았다. 그녀를 돕기 위해 생명의 기운을 쏟아부어 주었지만 그녀의 힘은 돌아오지 않고 있었다.

"무슨 일이 있었던 겁니까, 어머니?"

"검은 로브를 입은 사내가 왔다 갔단다. 11명의 제자 중의 한 명인 그가 우리에게 죽음의 안식을 빼앗아 가버렸다. 우리의 힘으로는 그를 막을 수가 없었단다."

블라디미르에게 자신의 힘을 전이해 준 검은 로브가 뱀파이어 일족을 죽임으로써 힘을 복구하고 있는 것이 분명했다.

나는 울고 있는 이자벨의 머릿결을 그녀의 어머니를 대신해 쓰다듬어 주었고 그런 모습을 바라보고 있던 뱀파이어 여왕이 나의 얼굴을 똑바로 바라보며 입을 열었다.

"자네는 누구인가? 뱀파이어도 인간도 아닌 것처럼 보이는구나."

그녀의 질문에 어떻게 대답을 해야 할까 고민했다. 나조차도 내가 누구인지 알지 못하고 있었기에 그녀에게 내가 누구인지 대답할 수가 없었다.

"주인님, 어머님의 손을 잡아주세요."

이자벨이 무엇을 원하는지 단번에 이해했다. 처음 그녀와 피의 종속을 맺은 것처럼 내 손에 상처를 내어 존재를 입증하는 방법을 사용하라는 것이었다.

손바닥을 찔러 피를 내어 뱀파이어 여왕의 손을 잡았다.

"아하아아."

그녀가 나를 느끼고 있다. 숨을 쉬기도 힘들어 하던 뱀파이어 여왕이 신음 소리를 내며 나의 존재를 알아내고 있었다.

"당신은 저보다 높은 곳에 있는 존재시군요. 전설로만 전해지던 뱀파이어의 시조를 직접 만나 뵙게 되어 영광입니다."

순혈의 뱀파이어가 뱀파이어의 시초였던가?

"저는 뱀파이어의 시조가 아닙니다. 단지 그의 힘을 이어받은 사람일 뿐입니다."

"그렇지 않습니다. 당신은 유일하게 남은 순혈의 뱀파이어

이십니다. 부디 남은 뱀파이어 일족을 가엽게 여겨 거두어 주시기 바랍니다."

"남아 있는 뱀파이어들이 있습니까?"

그녀는 의자에 달린 해골 문양의 손잡이 돌렸고 우측에 있던 벽면이 좌우로 갈라지기 시작했다.

그곳에는 어린 뱀파이어들이 잠들어 있었다.

"마지막 남은 뱀파이어의 희망들입니다. 부디 거두어주시기 바랍니다."

"알겠습니다. 마지막 남은 뱀파이어들을 제가 보살피겠습니다."

아련한 눈으로 나를 바라보고 있는 뱀파이어 여왕의 부탁을 거절할 수는 없었다.

어린 뱀파이어를 키울 능력이 나에게 있는지는 모르지만 일단 그녀의 부탁을 들어주기로 했다.

"이자벨, 이리 가까이 오거라."

이자벨은 손을 뻗어 뱀파이어 여왕에게 다가가려고 했지만 힘이 부족해 바닥을 기고 있었다. 나는 그런 그녀를 안아 뱀파이어 여왕의 앞으로 데려갔다.

"이제 네가 뱀파이어 여왕이다. 부디 뱀파이어 혈족의 영광을 다시 재현해 주길 바란다."

뱀파이어 여왕은 이자벨의 입술에 자신의 입술을 가져다 대었다.

그녀가 가진 남은 힘을 이자벨에게 전해주고 있는 것이었다.

보랏빛의 기운이 여왕으로부터 나와 이자벨에게 이동했고 여왕은 만족스러운 미소를 짓고는 그대로 눈을 감았다.

*　　　*　　　*

뱀파이어 여왕과 그녀를 지키기 위해 목숨을 바쳤던 뱀파이어들의 시체를 혈궁 뒤편의 땅에 묻었다. 모든 무덤에 묘비를 만들지는 못했지만 뱀파이어 여왕의 묘지에는 크지 않은 묘비를 세우고는 이자벨과 10명의 어린 뱀파이어를 데리고 마을로 돌아왔다.

말도 제대로 하지 못할 정도로 어린 뱀파이어들은 무엇이 그렇게 신기한지 연신 눈을 돌리며 마을 구경에 한창이었고 그런 그들을 어떻게 키울지 고민에 빠졌다.

뱀파이어 여왕의 부탁이기도 하고 얼마 남지 않은 이자벨의 일족이기도 한 어린 뱀파이어들을 키우기로 마음은 먹었지만 육아 경험이 전무했기도 했고 인간도 아닌 뱀파이어를 키우는 방법에 대해서는 전혀 모르고 있었다.

"얘들, 밥은 뭘 줘야 할까?"

"아직 어린 뱀파이어들은 주기적으로 피를 마시지 않으면 힘을 잃어버립니다. 가장 좋은 것은 자연계 몬스터의 피를

마시게 하는 것이지만 가축의 피를 마시기만 해도 괜찮아
요."

"오늘은 가축의 피를 마시게 하는 게 좋겠네. 조만간 자연
계 몬스터 피를 구해 올게."

10명의 어린 뱀파이어들이 살 만한 장소가 마땅치 않았기
때문에 마을에서 빈방이 가장 많은 우리 집에 자리를 깔고 누
웠다.

목장에서 키우고 있는 염소 열 마리에서 소량의 피를 뽑아
내었고 염소들의 건강을 우려해 생명의 기운을 양껏 집어넣
어 주었다.

유리병 10개에 염소의 피를 담아 집으로 도착하니 동생들
이 아기 뱀파이어들의 주위에서 눈을 떼지 못하고 있었다.

"오빠, 이 꼬맹이들이 우리 동생이 되는 건가요? 너무 귀여
워요."

"그래, 동생들이니까. 잘 보살펴 줘야 한다."

동생들이 보는 앞에서 아기 뱀파이어들이 피를 마시게 할
수는 없었기에 동생들을 방 밖으로 내보내고 나서야 품에서
피가 든 유리병을 꺼내었다.

"어떻게 줘야 하는 거지?"

보통 아기들이 우유를 마시기 위해서는 젖병이 필요했다.
뱀파이어도 그런 젖병이 필요한지, 아니면 다른 방법으로 마
시는지 몰랐다.

"제가 줄게요."

그녀는 손바닥보다 조금 큰 유리병을 나에게서 받아 들고는 어린 뱀파이어에게 다가갔고 조심스레 유리병을 기울였다. 한 방울의 피가 어린 뱀파이어의 입술에 떨어졌다.

입술에 묻은 것이 피라는 걸 알아차린 아기는 입술에 묻은 피를 빨아먹기 시작했고 이자벨은 조금씩 피를 흘리는 속도를 빨리했다.

반병 정도의 피를 마신 어린 뱀파이어는 만족스러운 표정을 짓고는 잠에 빠져들었고 다른 9명의 뱀파이어는 피 냄새를 맡았는지 보채기 시작했다.

"나도 도와줄게."

이자벨 혼자 하기에는 남은 애기 뱀파이어 수가 많았다.

서툴지만 그녀를 도와주고 싶었다.

10명의 어린 뱀파이어의 밥을 챙겨주는 일이 쉽지 않았다.

한참이나 고생해서야 그들을 잠재울 수 있었다.

"감사해요, 주인님."

"아니야. 이 정도야 언제든지 도와줄 수 있지. 그런데 밥을 주는 주기가 어떻게 되는 거야?"

사람의 경우 하루에 3끼를 먹는다. 하루에 3번씩 어린 뱀파이어에게 밥을 줘야 한다면 여기 있는 염소들만으로는 부족할 수도 있다고 생각되었다.

"염소의 피라면 하루에 한 번만 주면 돼요. 나중에 자연계 몬스터의 피를 구하게 된다면 일주일에 한 번이면 충분해요."

듣던 중 반가운 소리였다. 자연계 몬스터의 피를 빨리 구해야 될 이유가 생겼다.

"금방 자연계 몬스터의 피를 구해 가지고 올게."

젖소의 젖을 담는 큼지막한 나무통을 하나 들고는 몬스터 월드로 이동해 자연계 몬스터를 찾아 돌아다녔지만 찾을 수가 없었다.

이미 대부분의 자연계 몬스터가 인간 세상으로 넘어왔기 때문에 몬스터 월드에서 자연계 몬스터를 찾는 일은 쉽지 않았다.

3시간을 떠돌다가 산 깊숙이 숨어 있는 자연계 몬스터를 만났을 때는 반가움에 환호성을 질렀다. 그 환호성이 자연계 몬스터에게는 사형선고였겠지만.

자연계 몬스터의 피를 가득 담은 나무통을 어린 뱀파이어들이 지내고 있는 방구석에 두었고 어린 뱀파이어들의 곁을 떠나지 못하고 있는 이자벨을 데리고 지휘부 막사가 있는 곳으로 이동했다.

이미 그곳에는 사장과 추수가 우리를 기다리고 있었고 회의를 시작했다.

"사장님은 제가 말씀드려 대충은 알고 계시겠지만 다른 사람들을 위해 한 번 더 말씀드리겠습니다. 몬스터 범람이 일어난 이유는 11명의 제자라는 놈들이 몬스터 도어를 열었기 때문입니다. 그리고 그들 중 일부가 넘어와 있습니다. 홍콩에서 만난 하얀 로브가 그들 중 하나였습니다."

갑자기 내가 이런 말을 왜 하는지 궁금해하는 사람들이었지만 내가 말을 끝내기 전까지 입을 열지 않고 있었다.

"그중 한 명이 전쟁을 일으켰던 블라디미르에게 기운을 전이해 준 존재입니다. 그 존재가 최근 모습을 드러냈습니다. 이자벨을 치료하기 위해 뱀파이어 마을로 이동했고 거기서 그에게 힘을 뺏긴 뱀파이어들이 죽어가고 있었습니다."

이자벨의 가족들을 검은 로브가 죽였다는 말을 듣자 이자벨보다 더 흥분한 사장과 추수가 책상을 두드리며 화를 내었다. 그들에게는, 아니 마을 사람들에게는 이자벨이 가족이었고 수호자였다.

"그놈을 가만히 둘 수 없습니다. 지금 어디에 있답니까? 당장 모가지를 비틀어 버려야지."

흥분한 사장이 화를 식히지 못하고 소리쳤고 옆에 앉아 있는 추수가 고개를 끄덕이며 사장의 말에 동의했다.

"지금 그가 어디에 있는지 모릅니다. 하지만 조만간 우리에게 모습을 드러낼 것입니다. 그가 원하는 바를 예상해 보면 그는 힘을 되찾아 자신의 스승의 봉인을 깨고자 하고 있습니다. 봉인을 깨기 위해서는 막대한 힘이 필요할 것이고 그는 힘을 흡수할 상대를 찾아 움직일 겁니다."

"그러면 다음 목표가 우리가 될 수도 있겠네. 현재 지구에 가장 많은 각성자가 있는 곳이 여기니까. 그래, 오기만 해보라고. 아가리에 마정석 수류탄을 박아줄 테니까."

"다음 목표가 우리가 될 수도 있고, 아닐 수도 있습니다. 우리보다 더 좋은 먹잇감이 9개나 더 있으니까요."

"우리보다 더 많은 수의 각성자가 있는 곳이 9개나 된다고? 그럴 리가. 미국이 가장 많은 수의 각성자를 보유하고 있었다고는 하지만 지금은 겨우 도시 몇 개를 유지할 정도의 힘밖에 남아 있지 않아서 그들이 우리보다 강하다고는 생각되지 않는데."

"각성자가 아닙니다. 10명의 제자 중 그를 제외한 9명의 제자가 남아 있지 않습니까."

"같은 제자의 힘을 뺏기 위해 싸운다고? 그건 오히려 우리에게 좋은 소식이지 않을까? 그들끼리 싸우다가 수를 줄여 나가면 마지막에 우리가 뒤통수를 빡."

"그 뒤통수를 저희가 빡 맞을 수도 있습니다. 검은 로브가 만약 9명의 제자들의 힘을 모두 흡수한다고 생각해 보세요. 하얀 로브 한 명을 잡기 위해 저희 모두 죽을 뻔했습니다. 근데 그보다 10배 강한 상대를 이길 수 있겠습니까?"

하얀 로브의 경우는 생명을 죽이지 못한다는 제약이 있었기에 이길 수 있었다고 해도 틀리지 않았다. 하지만 검은 로브는 죽음에 익숙한 존재였다.

"그러면 어떻게 해야 좋겠냐? 이 넓은 땅에서 그를 찾으러 다닐 수도 없고, 그가 몬스터 월드에 있을지도 모르잖아."

검은 로브가 지구에 있을지, 몬스터 월드에 있을지 모르는 일이다. 그를 찾는 데는 엄청난 시간을 소비해야 한다.

"그의 먹잇감을 저희가 먼저 뺏어야죠."

"남은 제자들을 찾아가 죽이자는 말이지?"

"그렇습니다. 그가 강한 힘을 가지지 못하게 하는 방법은 그 방법밖에 없다고 생각됩니다."

"오케이. 그러면 유럽 탈환 계획 플러스 9명의 제자 죽이기 프로젝트를 동시에 하면 되는 거겠네."

"그렇습니다. 현재 유럽에 만들어진 몬스터 도시에 9명의 제자 중 한 명이 있을 거라고 생각됩니다."

"오케이. 언제 출발할 건데? 이미 우리는 준비 끝난 지 한참이나 되었다고."

이자벨의 치료만 아니었다면 벌써 유럽을 향해 이동하고 있어야 될 우리들이었기에 이미 모든 준비는 끝나 있었다. 중국을 성공리에 탈환한 터라 자신감도 하늘 높이 올라가 있었고 전투에 목말라 있었다.

"3일 후에 출발하는 것으로 하겠습니다. 다시 한 번 장비 확인을 해주시고 남은 시간 동안 개인 정비 부탁드립니다."

"3일이나 필요할까? 내일이라도 출발하면 될 것 같은데. 하여튼 3일 후에 출발하는 걸로 하지 뭐."

"교관님, 중국 각성자들이 한국으로 들어왔다고 합니다."

"중국 각성자들? 오란다고 진짜 오네."

"서울을 지나 오늘 내일 중으로 장벽에 도착할 것 같다고 합니다."

"중국 놈들 수련 루카라스 님에게 맡기면 되겠네. 루카라스 님 요즘 심심해 보이는 것 같던데."

중국 각성자들의 수련을 돕고 싶지 않아 하는 사장은 루카라스에게 떠넘겼다.

"그렇겠네요. 루카라스 님이라면 중국 각성자들을 충분히 수련시켜 줄 겁니다."

해가 지고 나서야 중국 각성자들이 도시로 들어 왔고 그들의 행색은 초라하기 그지없었다.

100명이 조금 안 되어 보이는 각성자들을 이끌고 온 소림사의 고승의 표정도 좋아 보이지는 않았다. 100명의 각성자들. 생각보다 적은 수였다. 못해도 300명 이상의 숫자가 한국으로 찾아올 거라고 생각했지만 역시나 그들은 문파를 버리지 못했다.

"오시느라 수고하셨습니다."

적은 수의 각성자의 수를 보고 실망한 표정이 얼굴이 내비쳤던 건지 그가 미소를 지어 보이며 말했다.

"제가 이끌고 온 각성자는 선발대일 뿐입니다. 후발대는 저희보다 많은 수가 도착할 겁니다. 문파들이 전국 각지에 흩어져 있기 때문에 한 번에 다 데리고 올 수가 없었습니다. 일단 주위에 있는 각성자들만 데리고 왔습니다."

"고생하셨습니다. 오늘은 편안히 쉬시고 내일부터 본격적인 수련에 들어가도록 하겠습니다."

시간이 많지 않았다. 유럽으로 토벌을 나가기 위해서는 그들을 하루라도 빨리 루카라스에게 소개를 시켜주어야 했다. 먼 길을 이동해온 그들에게 며칠간의 휴식을 주고 싶기는 했지만 그들 때문에 지체할 시간은 없었다.

"감사합니다. 모든 각성자가 하루라도 빨리 강해지고 싶은 마음이 가득합니다. 오늘 당장이라고 해도 군말 없이 수련에 들어갈 준비가 되어 있습니다."

확실히 그들에게서 열의가 느껴졌다. 나라를 두 번이나 뺏긴 그들이었기에 강해지고 싶어 하는 것이 당연했다.

"알겠습니다. 하지만 먼 길을 이동해 오셨으니 오늘은 편안히 쉬시는 게 좋을 것 같습니다. 내일부터 수련에 들어가도록 하겠습니다."

그들의 열의가 아무리 강하다고 해도 루카라스의 수련을 온전치 않은 상태로 받을 수는 없는 일이다. 비명을 지르기 위해서라도 휴식은 필수였다.

루카라스의 수련이 시작하고 1분도 되지 않아 여기 있는 대부분의 중국 각성자가 비명을 질러댈 게 분명했다.

이른 아침 안개가 가시기도 전에 그들을 데리고 루카라스의 보금자리로 향했고 새로운 수련생의 모습을 발견한 루카라스가 의미심장한 웃음을 지어 보였다.

"잘 부탁드립니다."

"걱정하지 마라. 한두 번 해본 일도 아니고 알아서 잘하겠다."

드디어 수련을 시작한다는 마음에 이빨을 보이며 미소를 짓고 있는 그들에게 명복을 빌어주고는 루카라스의 보금자리를 벗어났다.

"으아아아아아!"

벌써 시작인가? 루카라스와 인사를 한 지 1분도 되지 않아 비명 소리가 사방을 울렸다.

성격도 참 급한 드래고니안이다. 처음 본 사람과 인사 정도는 하고 수련을 시작할 것이지.

중국 각성자들의 수련을 루카라스에게 맡기고 우리는 유럽을 향해 이동해 나갔다.

가장 가까운 곳이며 큰 몬스터 도시가 있는 러시아가 우리의 목적지였다.

블라디미르가 사라지고 무정부 상태에 빠진 러시아는 속수무책으로 몬스터들에게 도시를 빼앗겼고 러시아 전체가 몬스터의 땅이 되어버렸다.

중국을 거쳐 가장 큰 몬스터 도시가 있는 모스크바를 향해 이동하기로 계획했고 500대의 슈트가 일사불란하게 움직였다.

우리가 중국 원정을 나간 동안 조나단이 마정석 엔진의 효율을 높이는 데 성공했고 슈트의 최고 속도가 이전보다 훨씬 빨라졌다.

"이 정도 속도면 금방 도착하겠는데. 조나단이라는 그 사람 확실히 재능이 있어. 슈트가 완전히 자동차가 되어버렸다니까."

"그러네요. 시속 150은 넘게 나오는 것 같습니다."

"도로만 좋으면 200까지도 나올 수 있을 것 같은데 멀쩡한 도로가 없는 게 아쉬울 따름이다."

온전한 도로는 얼마 되지 않았지만 그래도 슈트가 이동할 정도의 도로는 있었기에 빠른 속도로 이동할 수 있었다. 불가피하게 산을 넘거나 강을 건너는 경우를 제외하면 슈트의 발이 멈추는 일은 없었기에 우리는 순식간에 중국을 넘어 카자흐스탄까지 도착할 수 있었다.

중국을 지나면서 많은 수의 몬스터들을 만나기는 했지만 쇼크 건 몇 방이면 정리가 되었다. 카자흐스탄에도 규모가 작은 몬스터 도시가 있긴 했지만 9명의 제자가 직접 관리하는 땅은 아니었던지 강한 힘을 가지고 있는 몬스터는 없었고 마정석 추출을 위한 주유소 역할만을 하였다.

카자흐스탄을 넘어 러시아에 도착하자 기하급수적으로 늘어난 몬스터들이 우리를 기다리고 있었다. 발을 멈추지 않고 그들을 상대하기에는 무리였고 마정석 엔진을 끄고 그들을 상대해야만 했다.

"확실히 러시아에 빌어먹은 9명의 제자 중 한 명이 있는 거 같네. 하얀 로브를 죽이기 전의 베이징보다 훨씬 많은 수의 몬스터가 있는 걸 봐서는 말이야."

"그렇네요. 아직 몬스터 도시에 들어서지도 않았는데 이 정도 몬스터라니."

몬스터의 도시가 있는 모스크바에 들어서기도 전인 이곳에 수백만의 몬스터가 우리를 향해 달려들고 있었다. 그들의 눈에는 살기가 가득했고 우리의 모습을 발견하자마자 입에 침까지 흘리며 다가오고 있었다.

"전 부대원 쇼크 건 발사."

사장의 명령에 따라 쇼크 건은 발사되었고 수만 마리의 몬스터가 고기 굽는 냄새를 풍기며 바닥에 쓰러져 몸을 떨었다.

하지만 그 수보다 몇백 배는 많은 수의 몬스터들이 넘어오고 있었다.

"1열 뒤로 후퇴, 2열 쇼크 건 발사."

이미 5번의 쇼크 건을 발사했기에 마정석 교체 시간을 벌기 위해 1열이 뒤로 후퇴했고 2열이 2번의 쇼크 건을 발사했다. 그 시간 동안 마정석 교체를 마친 1열이 2열을 대신해 자리를 지켰다.

몬스터로 만든 산이 점점 크기를 키워가고 있고 이미 마정석 교체만 5번 이상을 하였다.

100만 가까이 되는 몬스터가 죽어나가자 시체로 만든 산은 장벽이 되어 우리와 몬스터 사이를 가로막았다.

"이제 좀 쉬고 계세요. 뒷정리는 제가 할게요."

전투는 몇 시간 동안 계속되었고 부대원들은 휴식이 필요했다.

몬스터 장벽이 몬스터들에게서 부대원들을 안전하게 방어할 수 있다고는 생각되지 않았고 주변의 몬스터들을 밀어내기 위해 바람의 칼날을 흩뿌리고는 몬스터 장벽 안에 더 튼튼하고 높은 방벽을 임시로 세웠다.

"이렇게 많은 몬스터를 본 건 난생처음이다. 무슨 몬스터들이 끝도 없이 나오냐."

"그래도 자연계 몬스터가 없는 게 어디입니까."

"그건 그렇네. 자연계 몬스터들은 다 어디 갔지?"

"아마 도시 안에 자리 잡고 있을 것 같습니다."

"근데 러시아는 얼마나 많은 몬스터가 있기에 도시 바깥에 수백만 마리의 몬스터가 진을 치고 있냐."

"몬스터 도시 안에는 이보다 많은 수의 몬스터가 있지는 않겠죠. 아마 자연계 몬스터와 수십만의 몬스터가 살고 있지 않을까요?"

"그랬으면 좋겠다. 마정석 수류탄으로 자연계 몬스터를 처리하는 게 백배는 편하겠다. 손가락이 다 아프다고, 쇼크 건 방아쇠를 하도 당겨서."

슈트에 장착되어 있는 쇼크 건을 발사하기 위해서 손가락을 움직이기는 해야 되지만 방아쇠를 당긴다고 손이 아플 사람은 여기에 아무도 없었고 사장도 마찬가지였다.

사장이 엄살을 떨며 분위기를 풀고 있는 것이었다.

아무도 다친 사람은 없었지만 수백만의 몬스터에 기가 질린 부대원들의 분위기를 띄우기 위해 너스레를 떠는 사장이었다.

하지만 그의 노력은 필요 없어 보였다. 부대원 모두 밝은 모습을 하며 재정비를 하고 있었다. 이미 수많은 전투를 통해 노련한 헌터가 되어 있는 부대원들에게 수백만의 몬스터는 두려움의 대상이 아니라 사냥감일 뿐이었다.

"모두 마정석을 추출해라."

쇼크 건을 사용하기 위해서는 7개의 마정석이 필요했지만 마정석에 대한 걱정은 하지 않아도 좋았다. 사방에 널려 있는 몬스터의 시체가 마정석 보관함이었다.

슈트를 입은 채로 몬스터의 시체를 찢어 내어 마정석을 뽑아내는 부대원들이 손길이 분주했다. 그들은 한두 번 마정석 추출을 해본 게 아니라 그런지 순식간에 장벽 안에 있는 몬스터의 시체에서 마정석을 끄집어내었고 충분한 양의 마정석을 챙겼다.

정비를 마쳤으니 다시 전투를 재개해야 했다.

장벽 근처에서 밀어낸 몬스터들이 하나둘 다가오기 시작했다. 몬스터 장벽 안에 만들어둔 장벽을 다시 땅으로 돌려보내고 몬스터 장벽을 무너뜨리자 순식간에 몬스터들이 모여들었다.

"쇼크 건 발사."

이미 발사 준비를 마친 쇼크 건이 사장의 명령에 다시 마정석 에너지를 쏟아 내었고 또 다른 몬스터 산을 만들고 있었다.

오늘 하루 죽인 몬스터의 수가 백만이 넘어가고 있었고 몬스터로 만든 산이 3개가 넘어갔다. 이제야 몬스터들이 우리에게 달려들 생각을 하지 않고 뿔뿔이 흩어지기 시작했다.

"오늘은 여기서 하루 쉬고 갈까? 부대원들이 그렇게 많이 지치지는 않았어도 내일 있을 전투를 생각하면 하루 쉬고 가는 게 좋아 보이는데."

"알겠습니다. 주위로 장벽을 만들 테니 사장님은 부대원들과 함께 마정석 추출 작업을 해주세요."

널려 있는 몬스터 중에서도 오우거 이상의 몬스터의 가슴을 갈라 상급 마정석을 추출하는 그들이었고 나는 그들이 쉴 공간을 만들기 위해 마을 규모의 장벽을 쌓았다.

마정석 추출을 마친 부대원들이 슈트에서 내려와 간단히 몸에 묻은 먼지를 털어내고는 전투 식량을 흡입했다.

"모두 오늘은 일찍 자도록 하세요. 내일은 오늘보다 더 힘든 전투가 될 겁니다."

내일은 모스크바에 있는 몬스터 도시로 진입할 계획이었고 9명의 제자 중 하나가 있어 보이는 모스크바는 몬스터의 숫자는 오늘보다 적겠지만 위험도는 더 높았다.

밤사이 장벽을 긁어대는 몬스터들이 나오기는 했지만 불침번을 서는 분대원의 쇼크 건이 그들을 잠재웠고 모든 분대원이 편안히 아침을 맞이할 수 있었다.

"드디어 오늘인가. 얼마나 강한 놈이 저기 숨어 있는지 기대되는구만."

"기대하셔도 좋을 겁니다. 잘못하면 죽을지도 모릅니다."

"죽기야 하겠냐? 위험하면 네가 구해주겠지. 나는 용택이 너를 믿는다. 암, 믿고말고. 내가 신은 안 믿어도 너는 믿는다."

"참 나, 말은 잘하시네요. 정말 오늘은 위험할 겁니다. 최대한 조심히 움직여 주세요."

"나야 조심히 움직이고 싶지. 그런데 너도 알겠지만 추수를 따르는 마교인들의 워낙 급한 성격을 가지고 있어서 내가 제어할 수가 있어야 말이지."

마교인들이 공격적인 성향을 가지고 있는 건 사실이었지만 사장 또한 그들 못지않게 급한 성격이었다.

그들의 안전이 걱정되기는 했지만 그들을 두고 모스크바를 공략하는 것은 불가능에 가까웠기에 그들의 힘이 필요했다.

"밥은 먹었으니 밥값은 하러 가야지. 전 부대원 출격 준비."

사장의 우렁찬 목소리에 모든 부대원들은 슈트에 탑승해 모스크바로 향했다.

모스크바로 가는 길목에서 엄청난 수의 몬스터들이 우리의 발걸음을 더디게 해 이른 아침에 출발했음에도 해가 어두워지기 시작해서야 모스크바에 당도할 수 있었다.

"이거는 뭐냐? 이렇게 생긴 장벽은 난생처음 보네."

모스크바에 있는 몬스터 도시 외곽에 세워진 장벽의 모습은 확실히 특이했다.

돌벽이나 목책도 아닌 거대한 바위가 도시를 둘러싸고 있었고 슈트 한 대는 거뜬히 지나갈 수 있을 정도로 바위 사이의 틈이 넓었다.

"어떻게 할까? 들어가, 아님 말아?"

거대한 바위가 심상치 않아 보였다. 저런 바위를 도시 외곽에 둘 이유는 없었고 섣불리 부대원들을 저 바위틈으로 지나가게 할 수는 없었다.

"일단 제가 가서 확인해 보고 오겠습니다."

나는 거대한 바위를 향해 홀로 날아가 바위를 가볍게 두드렸다.

손을 통해 느껴진 바위의 강도는 일반 바위보다는 강하긴 했지만 딱히 다른 위험은 없어 보였다. 그냥 힘자랑하려고 여기에 바위를 둔 건가?

내 생각을 비웃기라도 하듯이 바위가 조금씩 움직이기 시작했고 바위가 몸을 일으키자 슈트와 비등한 크기의 골렘이 되었다.

모든 바위가 골렘이 된 것은 아니었지만 최소 2천은 넘어 보이는 바위가 몸을 일으켜 골렘으로 변했다.

내 눈앞에서 골렘으로 변한 바위를 깨부수기 위해 발에 쇠의 기운을 두르고 휘둘렀고 골렘은 몸을 일으켜 세운 지 1분도 되지 않아 작은 돌멩이로 변했고 그 사이에 있는 반짝이는 마정석을 잡아 뜯어내자 돌멩이는 작은 모래로 변해 땅속으로 흩어졌다.

"쇼크 건은 통하지 않을 것 같습니다."

골렘 한 기를 부수고 부대원이 있는 곳으로 돌아왔다.

"그래 보이네. 저런 돌덩이들에게 전기 공격은 통하지 않겠지. 그러면 오랜만에 육박전을 하면 되겠네. 요즘 쇼크 건 방아쇠만 누른다고 손가락 근육 말고는 쓴 적이 없었는데 잘

됐네."

2천기의 골렘이 천천히 우리를 향해 걸어왔다. 덩치가 덩치이니만큼 속도는 빠르지 않아 보였다. 조나단과 신 교수의 지식의 집합체인 슈트에 비하면 너무도 느린 움직임이었다.

"저런 움직임 가지고 파리 한 마리나 잡을 수 있겠냐? 모두 쇼크 건을 집어 들고 무기를 꺼내라."

슈트에 실려 있는 무기는 쇼크 건과 마정석 수류탄 말고도 더 있었다.

벨트에 채워져 있는 채찍도 있었고 등 뒤에 박아 넣은 쇠몽둥이 같은 검도 있었다.

지금 같은 상황에서 채찍을 꺼내는 무식한 부대원은 다행히 한 명도 보이지 않았다.

모두 무식한 크기의 검을 꺼내 들고 골렘을 향해 걸어갔다.

골렘이 다가오기까지 기다리다가는 전투를 하기도 전에 화병으로 쓰러질 것만 같았다.

드래고니안의 수련이 육체의 한계를 끌어내는 수련이었지 검을 휘두르는 법을 알려주는 수련은 아니었다.

사장을 비롯한 모든 부대원은 추수와 마교인들에게 검을 휘두르는 법을 따로 배웠기에 그들은 모두 뛰어난 검사였다.

"저렇게 느린 움직임을 하고 있는 골렘에 다칠 리는 없겠지만 만약 한 대라도 허용하는 부대원이 나온다면 그 조는 단체 기합이다."

느린 골렘의 움직임에 마음을 놓고 있던 부대원들은 사장의 말에 긴장을 하기 시작했다. 골렘을 부수는 것이 어려운 일은 아니었지만 한 대도 허용하지 않고 상대하는 것은 쉬운 일이 아니었기 때문이다.

"제가 좌측을 맡겠습니다."

전방과 우측 방향을 부대원들에게 맡겼다. 전방은 사장이 지휘하는 1부대가, 우측은 추수가 지휘하는 2부대가 맡는 것이었다. 부대를 나누어 전투에 임하면 경쟁심이 강해진다.

특히 마교인들이 주축이 된 2부대원들은 추수를 따르고 있었기 때문에 지금 같은 상황에서 최선을 다해 움직였다. 조금은 덜떨어져 보이는 사장보다 자신들이 따르는 추수가 낫다는 걸 증명해 보이고 싶어 했기 때문이었다.

골렘을 향해 뛰어가는 부대원들과 맞추어 나도 좌측으로 날아갔다.

수백 대의 골렘이 뒤뚱뒤뚱 걸어오고 있다. 만약 슈트가 저런 움직임을 한다면 한국에서 러시아로 오기까지 몇 년은 걸릴 게 분명했다.

저들을 한 번에 파괴할 방법을 생각해야 했다. 몸에 쇠의 기운을 두르고 상대하는 것은 너무도 귀찮았다. 저들 말고도 안에는 무수히 많은 몬스터들이 있을 것이기에 여기서 시간 낭비를 하고 싶지는 않았다.

쇠의 기운을 두른 바람의 칼날이면 충분하겠지.

바람의 칼날을 길게 뽑아 쇠의 기운을 둘러 골렘을 향해 휘둘렀다. 칼날이라고 하기보다는 긴 채찍이라고 부를 수 있는 바람의 기운이 골렘의 가슴 부위를 향해 날아갔고 수백 대의 골렘은 정확히 반 토막이 나서 떨어졌다.

"벌써 끝난 건가? 생각보다 너무 쉬운데."

반 토막으로 잘린 골렘을 보며 가볍게 손을 털어주며 부대원들을 도와주기 움직이기 위해 고개를 돌리려고 할 때 반 토막으로 잘린 골렘들이 바닥을 기고 있었다.

그들은 자신의 하체를 찾아 움직였고 얼마 되지 않아 온전한 모습을 되찾았다.

골렘의 장점을 잊고 있었네. 저 돌덩이들은 마정석을 뜯어내지 않으면 영원토록 저 짓거리를 계속한다는 걸 말이야.

골렘의 최대 강점은 내구성과 재생력이었다는 걸 잠시 잊고 있었다. 저들의 부수기 위해서는 마정석을 뜯어내야 했고 바람의 칼날은 저들에게 큰 소용이 없었다.

골렘들이 몸을 되찾고 서서히 나에게 걸어오고 있었다. 그러는 동안 새로운 방법을 생각해 내었다. 이 방법은 조금 사치스러운 것이었다.

계속되는 몬스터 범람의 영향으로 마정석 가치가 이전보다 많이 떨어졌다고는 하지만 여전히 마정석은 주요 자원이었다. 하지만 내가 생각해 낸 방법은 이런 마정석들까지 한 번에 부수는 것이었다.

바람의 기운을 끌어 올려 하나의 칼날이 아닌 그물의 형태로 만들었다. 그 그물에 당연히 쇠의 기운을 덧붙였고 그대로 그물이 펼쳐져 골렘을 향해 날아갔다.

바람의 칼날이 골렘을 반 토막 낸다고 한다면 이 그물은 골렘을 조각조각 내어 버리는 힘을 가지고 있는 것이었다. 보통 골렘의 마정석은 상반신에 위치하고 있었고 그물은 골렘들의 상반신을 향해 날아가 상반신을 부숴 버렸다. 그 과정에서 마정석도 조각나 부서졌고 그물에 당한 골렘들은 다시 몸을 일으키지 못했다.

그물을 던지는 작업을 몇 번 하고 나니 내가 맡기로 한 골렘이 모두 돌멩이로 변해 쓰러졌다. 다른 부대원들은 슈트를 이용해 육박전을 치루고 있었고 압도적인 힘과 속도의 격차로 빠르게 골렘의 숫자를 줄여 나가고 있었다.

그들을 도와 내가 움직이자 골렘은 순식간에 정리가 되었다.

*　　　*　　　*

"콜록콜록."

흙먼지가 사방에 날려서인지 사장이 기침을 했고 나는 그런 모습을 어이없게 바라봤다.

"아니, 골렘도 다 처리했는데 흙먼지 때문에 돌아가야 되겠어요?"

"잠깐만 기다려 봐, 물 한 잔 마시면 괜찮아지니까. 내가 먼지 알레르기가 있어서 말이야."

도둑놈같이 생긴 인상을 가진 사장은 은근 손이 많이 가는 스타일이었다.

사장을 따라 부대원들은 물 한 모금을 마시고 다음 전투를 준비했다.

"이제 안으로 들어가도록 하겠습니다."

보통 장벽의 바깥에는 다수의 일반 몬스터가 진을 치고 장벽 안은 자연계 몬스터 같은 상위 몬스터들이 거주하는 게 보통이었다.

하지만 이곳에는 그런 개념이 잡혀 있지 않은지 엄청난 숫자의 몬스터들이 옹기종기 모여 있었다.

장벽 바깥에 있던 몬스터들은 그냥 도시에서 살 공간이 없어서 나온 것 같았다.

"몬스터 도시에 이렇게 많은 수의 몬스터가 살고 있었던 적이 있었냐?"

"저도 이런 적은 처음 봅니다. 이건 공기 반 몬스터 반인데요."

"공기 반도 아냐. 공기 20에 몬스터 80이다."

장벽을 따로 만들지 않은 이유를 알 것만 같았다. 언제든지 도시 바깥으로 몬스터들을 내보내기 위해 장벽이 필요하지 않았을 것이다.

"몬스터들이 우리를 발견했습니다. 전투 준비해 주세요."

정말 땅이 보이지 않을 정도로 많은 수의 몬스터들이 우리를 향해 다가오고 있었다.

닭장에 사육되고 있는 닭들처럼 따닥따닥 붙어 움직이는 그들은 팔을 제대로 들지 못할 정도였다.

"쇼크 건 발사."

보통 쇼크 건 한 발로 적게는 수백, 많게는 천 마리 정도의 몬스터들을 무력화시킬 수 있었다. 하지만 지금처럼 몬스터들이 뭉쳐 다가온다면 쇼크 건의 위력은 더욱 강해졌다.

한 번에 수천 마리의 몬스터들이 몸을 떨었고 순식간에 수만이 넘는 몬스터가 바닥에 쓰러졌다.

"바로 발사."

쓰러진 몬스터들을 짓밟고 뒤 열의 몬스터들이 우리를 향해 다가오고 있었고 쇼크 건은 계속해서 불을 뿜었다.

"이대로는 끝이 나지 않겠어. 1열은 재장전. 2열은 시간을 벌어라."

일전의 작전처럼 1열이 마정석을 재장전 하는 시간 동안 2열이 쇼크 건을 발사해 시간을 벌려고 했지만 몬스터 웨이브가 다가오는 속도가 너무 빨랐다.

"제가 시간을 벌겠습니다. 1열, 2열 모두 마정석 재장전을 해주세요."

부대원들이 재장전을 하는 여유를 가지게 하기 위해서 바람의 칼날을 여러 발 날렸고 선두에서 다가오는 몬스터들이 피를 뿌리며 쓰러졌다. 바람의 칼날을 만들어내는 족족 몬스터들을 향해 날리기는 했지만 그들의 숫자가 줄어든다고 느껴지지 않았다.

단지 더는 전진하지 못하게 할 뿐 몬스터는 계속해서 도시에서 뿜어져 나왔다.

"장전을 마쳤어. 뒤로 물러나."

부대원들 모두 쇼크 건 장전을 마쳤고 나는 몬스터들로부터 떨어져 사장의 옆에 가서 섰다.

다시 수백 발의 쇼크 건이 발사되었다.

너무 뭉쳐서 다니는 몬스터들이었고 쇼크 건의 감전 효과에 의해 죽는 몬스터의 숫자는 많지 않았다. 하지만 그들을 쓰러지게 만들기에는 충분한 위력이었고 마무리는 뒤 열의 몬스터들의 발이 해주었다.

쓰러뜨리기만 하면 뒤 열의 몬스터들이 밟고 지나가 쓰러진 몬스터의 숨통을 끊어주었고 우리는 계속해서 쇼크 건을 발사하기만 했다.

이미 마정석 충전만 10번을 넘게 했고 더는 준비해 둔 마정석이 없었다.

"후퇴할까요?"

"그러는 게 좋겠다. 일전에 몬스터와 상대했던 곳으로 가서 마정석을 추출하고 다시 오는 게 좋을 것 같다."

"알겠습니다. 일단 몬스터들을 제가 막고 있겠습니다. 그동안 부대원들을 그곳으로 이동시켜 주시기 바랍니다."

징글징글한 숫자로 우리에게 덤벼드는 몬스터들의 발을 묶기 위해 도시에 없는 장벽을 세워주었다. 그들은 내가 만든 장벽이 고마운지 장벽을 두드리면 감사의 인사를 전했다.

몬스터들에게 감사의 인사를 받고 싶은 마음은 없었기에 그들을 두고 얼른 부대원들이 있는 곳으로 이동했다. 장벽이 도시 일부를 막았을 뿐 조금만 돌아가면 밖으로 나올 수 있었기에 서둘러야 했다.

몬스터들로 만든 장벽 안에 부대원들의 모습이 보였고 급히 주위에 장벽을 둘러 안전지대를 만들었다. 전투에 소모된 기운보다 장벽을 세우는 데 사용한 기운이 더 많이 느껴졌다.

"아니, 어떻게 저렇게 많은 몬스터가 한곳에 모여 있을 수가 있는 거지?"

"저도 그게 의문입니다. 중국 전체에 있는 몬스터보다 저 도시에 있는 몬스터가 더 많아 보여요."

"한 번에 새끼를 100마리씩 쳐낳는 건지. 무슨 사육소라도 따로 만들어놓은 거 아닐까?"

"모르겠어요. 저것들을 언제 다 정리하죠?"

"오늘같이 치고 빠지는 작전으로 2주일이면 되지 않을까? 그래도 오늘 숫자를 줄이긴 했잖아."

"백만은 넘는 몬스터를 죽이긴 했지만 티도 안 나는걸요. 만약에 말이죠, 진짜 만약에 우리가 죽이는 숫자보다 더 많은 몬스터를 만들어내지는 않겠죠?"

"설마. 죽이다 보면 끝이 보이겠지. 그래도 마정석 걱정은 하지 않아도 돼서 다행이다. 만약 골렘 같은 몬스터가 저기서 튀어나왔으면 상대할 방법도 마땅치 않았을 거야."

"그렇겠네요. 골렘에게는 쇼크 건이 무용지물이니까요 저기서 나온 몬스터가 일반 몬스터라서 다행이네요."

부대원들은 각자의 슈트에 많은 양의 전투 식량을 채워두었고 몇 달은 게릴라 작전을 할 정도의 양이 되었기에 배고픔에 대한 걱정은 하지 않아도 되었다.

충분한 휴식을 취하고 다음 날이 돼서 다시 몬스터 도시로 다가갔고 이미 장벽은 몬스터들의 손에 의해 부서진 후였다.

약간의 시간을 벌기 위해 단순히 땅의 기운으로 만든 장벽이긴 했지만 그래도 부서져 있는 모습을 보니 마음이 편치 않았다.

"조만간 몬스터들이 모여들 겁니다. 준비해 주세요."

500대의 슈트는 어디를 가도 쉽게 발견할 수 있었고 몬스터의 눈이 동태 눈깔이 아니었기에 몬스터 도시에서 다시 엄청난 숫자의 몬스터가 쏟아져 나왔다.

"1열만 쇼크 건 발사, 2열은 대기해라."

일전의 전투에서 모든 부대원이 쇼크 건을 발사하는 것보다 순차적으로 발사하는 것이 더 효율적이라는 것을 배운 사장이었다.

"1열과 2열은 교대해라. 최대한 빠르게 마정석을 교체해라."

마정석 교체 시간을 단축하기 위해 어젯밤 잠들기 전에 마정석 교체 시뮬레이션을 한 부대원들이었기에 어제보다 빠른 속도로 마정석을 교체했다.

2열의 쇼크 건이 멈추었고 다시 1열과 2열이 위치를 바꾸었다.

기계처럼 움직이는 그들은 마정석이 떨어지기 전까지 몇 개의 몬스터 산을 만들어내었다.

"이제 후퇴하는 것이 좋겠습니다."

"오케이. 전원 안전지대로 이동해라."

어제와 같이 임시 장벽을 만들어 몬스터들의 접근을 막고는 어제 만들어둔 장벽으로 이동했다. 장벽에 입구를 만들어두었기에 장벽을 새로 만들 필요 없이 입구를 막기만 하면 되었다.

게릴라 작전은 일주일이나 계속되었다.

"이제 조금 줄어든 것 같지?"

"그렇네요. 확실히 어제보다 몬스터 도시에서 나오는 몬스터의 숫자가 줄었어요. 이제 며칠만 더 하면 몬스터 도시의 몬스터들의 씨가 마르겠습니다."

"그래도 다행이다. 몬스터의 수가 줄어들지 않을까 봐 살짝 겁이 났었거든."

몬스터의 수가 줄어드는 것을 느낀 부대원들은 사기가 크게 상승했다. 그러나 일주일이나 계속된 게릴라 전투는 그들을 피곤하게 했다. 언제 끝이 날지 모르는 전투에 지쳐 가고 있는 그들이었다.

"모두 조금만 더 힘내라. 이제 몬스터의 수가 얼마 남지 않았다."

사장의 외침에 부대원들은 큰 함성으로 답하며 손을 분주히 움직였다.

이제 그들은 마정석 교체의 프로였다. 5분 정도 걸리던 마정석 교체 시간이 이제 1분도 채 걸리지 않았고 따로 열을 나누지 않고서도 마정석 교체를 할 정도가 되었다.

"누가 우리 애기들을 괴롭히는 거야!"

몬스터들이 갈라지며 녹색 로브를 입고 있는 존재가 모습을 드러냈다.

까랑까랑한 목소리로 미루어 여성체로 보였다.

저 덩치를 가지고 여성체라고?

로브가 금방이라도 터져도 이상하지 않을 정도의 근육을 가지고 있는 녹색 로브가 빠르게 우리를 향해 다가왔다. 녹색 피부를 가진 오크였다.

오크를 수도 없이 보았고 오크 여성체도 많이 접해보았다.

하지만 저렇게 흉하게 생긴 오크는 난생처음 보았다. 얼굴까지 근육으로 뭉쳐 있는지 엄청난 크기를 자랑하는 얼굴과 천하장사 수백 번은 할 정도로 큰 덩치 절구통을 연상시키는 다리까지.

녹색 로브를 입은 오크가 다가오자 몬스터들의 발을 멈추고 우리를 바라보기만 했다.

일단 오크와 대화를 시도하고 싶었고 그녀를 향해 걸어 나갔다.

"애기들이라고 하기에는 너무 큰 덩치를 가지고 있는 것 같지 않습니까?"

"나에게는 연약한 애기 같은 존재들이다. 너희들은 누구냐? 누군데 오순도순 살고 있는 우리를 괴롭히는 거냐."

뭔가 입장이 바뀐 것 같은 대화였다.

"아니, 원래 이곳은 인간이 사는 곳입니다. 몬스터들이 인간을 쫓아내고 괴롭힌 거죠. 입은 삐뚤어졌어도 말은 똑바로 하셔야 되지 않겠습니까?"

"내가 입이 삐뚤어졌다고? 그렇지 않다. 나는 가장 아름다운 얼굴을 하고 있는 오크다. 감히 나의 얼굴을 비하하는 말을 하다니 가만히 두지 않겠다."

딱히 얼굴에 대해 욕을 하지는 않았지만 녹색 로브를 입은 오크는 흥분해 나에게 달려들었다.

"제가 언제 못생겼다고 했습니까. 사실관계를 정확히 하자는 뜻으로 한 말이지 않습니까."

절구통 같은 다리가 나를 향해 날아들어 왔고 급히 팔에 쇠의 기운을 두르고 그녀의 발을 막았다.

퍽.

엄청난 충격이 팔을 타고 흘러들어 왔다. 쇠의 기운을 두르고 있는 팔은 자연계 몬스터의 공격이라고 해도 쉽게 튕겨내었지만 자칭 오크 최고의 미인이라는 녹색 로브를 입은 오크의 공격에 엄청난 충격을 느껴야 했다.

얼마나 강한 힘을 가지고 있기에 쇠의 기운을 뚫고 충격이 전해지는 걸까.

그녀의 공격을 제대로 허용한다면 뼈는 물론이고 내장까지 조각날 것 같았다.

물론 생명의 기운이 충만한 상태였기에 금방 재생이 되긴 하겠지만 고통이 느껴지지 않는 것은 아니었다.

"너, 좀 강하구나. 나랑 결혼할래? 남성체 오크들은 힘을 제대로 쓰지 못해서 말이야. 겨우 3번 하고 꼬꾸라지는 놈들은 달고 다닐 자격이 없지."

내가 지금 무슨 말을 들은 거지?

머리가 어지러웠다. 오크가 나에게 무슨 말을 한 건지 도저히 이해가 가지 않았다.

아니, 이해하고 싶지 않았다는 것이 정확한 표현일 것이다.

처음 들어본 청혼이 오크에게서라니. 도저히 견딜 수가 없었다.

"우엑!"

헛구역질이 올라왔다. 저 근육 덩어리가 내 몸에 매달리는 상상을 했다. 내 허리만 한 다리를 달고 있는 저 오크가 내 몸 위에서 아양을 떠는 상상을 하자 도저히 토를 하지 않고는 견딜 수가 없었다.

"내가 왜 아줌마랑 결혼을 한다는 말입니까. 우리는 종족도 다르고 게다라 저는 그쪽하고 결혼하고 싶은 마음이 전혀 없습니다."

"튕기는 거야? 남자들은 다 그렇더라. 좋으면서 왜 튕기는 건지. 꼭 몇 대 맞아야 좋다고 그러더라. 남자들은 왜 그런지 몰라. 좋게 말할 때 알아서 들어올 것이지."

그녀가 어떤 방식으로 남성 오크들과 관계를 맺었는지 이해가 갔다.

그녀의 손아귀에서 비명을 질러댔을 남성 오크들에게 애도를 표했다.

"아니, 결혼을 한쪽만 좋다고 해서 하는 건 줄 아는 거 아니에요? 결혼을 하기 위해서는 서로 좋아하는 마음이 있어야 한다고요. 저는 절대 그쪽을 좋아할 마음이 없으니까 꿈도 꾸지 마세요."

"다들 그렇게 말했어. 근데 몇 대 맞으니까 내가 좋다고 하더라고. 사랑을 이기는 게 주먹이 아닐까?"

그녀의 말을 더 듣고 있다가는 몇 달 전에 먹었던 음식까지 올라올 것 같았기에 말을 끊었다.

"더는 이런 얘기를 하고 싶지 않습니다. 그보다 검은 로브를 입은 제자가 찾아오지 않았습니까?"

"너 우리를 알고 있어? 역시 내 신랑감 후보가 될 자격이 있어. 몸도 튼튼한 데다 아는 것도 많아, 우리 남편은."

"제가 왜 아줌마 남편입니까. 제발 그런 말 그만하고 검은 로브에 대한 얘기나 좀 합니다."

"찾아오긴 했었지. 같이 힘을 합쳐 스승님을 구하자는 말을. 하지만 나는 별로 그러고 싶은 마음이 없어서 거절했었지. 스승님 밑에서는 마음대로 행동을 못하거든. 나는 여러 남자를 만나며 즐기고 싶은데 스승님은 그런 것을 별로 좋아하지 않았거든."

녹색 로브를 입은 오크가 여기에 도시를 만든 이유를 알 것만 같았다.

그녀는 여기를 그녀만의 아방궁으로 만들 생각이었다.

나는 그 아방궁의 시녀가 되고 싶지 않았다.

"검은 로브가 다시 찾아온다는 말은 없었습니까?"

"내가 거절하자 조만간 다시 찾아오겠다고 싸늘하게 말하긴 했지만 그는 능력 대부분을 잃어버린 상태라서 하나도 겁나지 않아."

"만약 그가 힘을 되찾는다면 상대할 자신이 있으신 겁니까?"

"원래의 힘? 그렇게 된다면 힘들긴 할 거야. 그가 가진 힘이 나와 극성이거든."

지금의 상황을 어떻게 해야 할지 고민되었다.

오크를 죽이고 힘을 흡수해야 하는 걸까? 아니면 더 좋은 방법이 있는 걸까?

　　　　　*　　　　*　　　　*

오크녀와의 대치가 길어졌다.

나를 신랑감으로 삼은 후부터 오크녀는 나를 공격하지 않았고 내가 먼저 공격하기도 이상한 상황이었다.

"검은 로브가 나머지 제자들을 공격할지도 모릅니다. 그는 스승의 봉인을 풀기 위해 힘을 키우고 있습니다. 가장 좋은 방법이 나머지 제자들의 힘을 흡수하는 것이지 않겠습니까."

오크녀는 고민에 빠졌다. 그녀의 표정은 설마 그가 자신들을 공격할까라는 생각과 그가 얼마나 스승의 봉인을 풀고 싶어 하는지에 대해 생각하는 듯했다.

"그럴지도 모르겠네. 하지만 설마……."

"설마가 사람 잡는 법입니다."

"나는 오크인데?"

"오크든 사람이든 설마 하는 순간 좋은 먹잇감으로 변하는 것은 매한가지입니다. 어떻게 하실 생각입니까? 이대로 그의 먹잇감이 될 겁니까?"

"나는 상대를 잡는 것을 좋아하지, 먹잇감이 되는 것은 좋아하지 않는데."

"그러면 지금부터라도 대비를 해야 합니다. 따로 떨어진 제자들을 한군데로 모아 그를 상대하든지, 아니면 그를 잡을 미끼를 설치하든지 해야 할 겁니다."

"그래야 될까? 하지만 인간 세계로 나온 제자들이 한군데로 모이고 싶어 하지는 않을 건데. 그들 모두 나와 같이 일국의 왕이나 신이 되고 싶어 하는 존재들이라고."

"그러면 당할 겁니까?"

"누가 당한다고 그랬어? 그냥 그렇다는 거지."

오크와 대화를 하는 내가 한심했다. 말이 통해야 대화를 하든가 말든가 하지. 이건 뭐 허수아비를 놓고 대화를 하는 것이 더 나아보였다.

"일단 안으로 들어가서 대화를 나누자. 이렇게 밖에서 얘기를 하니 머리가 더 안 돌아가는 거 같단 말이야."

오크의 안내에 따라 몬스터 도시 안으로 들어갔고 사냥이 아닌 방문으로는 처음 몬스터 도시를 방문하는 우리들은 어정쩡한 자세로 도시를 구경했다.

"이건 도시가 아니라 돼지우리라고 해도 믿겠다. 뭐라 이렇게 더럽냐. 그리고 몬스터 아니라고 할까 봐 대낮부터 흉측스럽게 저게 뭐냐."

사장뿐만 아니라 모든 부대원이 눈살을 찌푸리고 있었고 나도 그들과 다르지 않은 표정을 지어야 했다.

도시 곳곳에서는 몬스터들이 종족 번식을 위한 허리를 놀리고 있는 중이었다.

"나의 권능으로 인해 몬스터들의 가임기와 발정기가 빨리 오지. 그리고 출산 속도와 성장 속도도 평상시의 5분의 1로 빨라지지."

자랑스럽게 가슴을 내밀며 말하는 오크였다.

"그렇다고 해서 저렇게 길바닥 한가운데서 저 짓을 하는 건 좀 아니잖아요."

"왜 그렇게 생각하지? 성스러운 행위야. 종족 번식을 위해서는 필수적인 일이야. 너 또한 마찬가지잖아."

"그렇긴 하지만……."

오크의 말에 딱히 반박할 말이 생각나지 않았다.

수천 마리가 동시에 내는 비음 섞인 신음 소리에 얼굴을 들 수가 없었고 오크의 막사 안에 들어와서야 귀를 열고 고개를 들었다.

"그래서 이제 어떻게 할 생각입니까? 빨리 결정을 내려주세요."

오크가 우리를 공격할 생각이 없다는 걸 알긴 하지만 대의를 위해 오크가 옳지 않은 생각을 품는다면 오크를 흡수할 생각이었다.

"너의 말을 듣고 보니 사태가 생각보다 심각하다는 걸 알았다. 최대한 빠르게 다른 제자들에게 전달하겠지만 얼마나 많은 수의 제자가 응할지는 모르겠어."

긍정적으로 대답하는 오크였기에 나는 은근히 끌어 올리던 기운을 다시 집어넣었다.

"가장 가까이에 있는 제자는 어디에 있지요?"

"여기서 멀지 않은 곳에 한 명의 제자가 있어. 핀란드에 있는 헬스킹? 헬싱킹? 여튼 그런 이름을 가진 도시에 살고 있다고 했어."

"헬싱키 말하는 거죠? 거기라면 여기서 멀지는 않겠네요. 우리가 먼저 출발해 말해놓겠습니다."

"왜 나 두고 가려고? 같이 가자. 신부를 두고 혼자 움직이는 신랑이 어딨어?"

"우웩!"

나도 모르게 헛구역질이 올라왔다. 오크와 동맹 관계를 맺었다는 사실도 나오는 헛구역질을 막지 못했다.

"좋다는 뜻이지? 인간은 좋다는 말을 그렇게 하는지 처음 알았어. 내가 인간 신랑을 처음 만들어봐서 말이지."

아직 결혼도 하지 않은 난데, 결혼을 여러 번 해봤을 거라고 예상되는 오크에게 신랑이라고 불리고 싶은 마음은 눈곱만큼도 없었다.

"제가 왜 당신 신랑이에요. 우리는 그냥 공동의 적을 가진 동맹이라고요."

"그게 그거 아니야? 원래 부부는 일심동체라고 하잖아."

아무리 싫다고 말해도 한 귀로 흘리고 자신의 말만 하는 오크를 떼어놓지 못하고 오크와 함께 핀란드로 향했다.

사장과 부대원들은 오크와 함께 움직인다는 것에 불쾌한 감정을 느끼는지 말소리 하나 내지 않고 우리를 따랐다.

"용택아, 잠깐만 와봐."

한참이나 길을 걷다 사장이 나를 불러 세웠다.

"진짜 꼭 오크랑 같이 움직여야 하는 거냐? 아무리 생각해도 이건 아닌 거 같다."

"그러면 어떻게 해요. 저만한 동맹군도 없잖아요. 수백만이 넘는 몬스터 군단을 움직이는 오크를 버리기에는 너무 아깝잖아요."

"아무리 그래도 그렇지, 항상 적으로만 보던 오크와 같이 움직이려니 속이 거북해서 말이야."

나와 사장이 대화를 나누는 것을 마땅치 않게 생각했던지 오크가 급히 우리를 향해 다가왔다.

"들었나 보다."

"오크는 한국어 할 줄 모르니까 걱정하지 마세요."

사장은 급히 고개를 돌려 그녀를 모른 척했고 오크는 나의 팔뚝을 붙잡고 사장의 곁에서 자신에게로 끌어당겼다.

"무슨 얘기를 나 몰래 해요? 부부는 일심동체라고 했잖아요. 그리고 저런 쇳덩어리들을 꼭 같이 데리고 다녀야겠어요? 나는 부부끼리 오붓하게 여행하고 싶은데."

사장과 같은 말을 했지만 솔직히 사장의 말에 더 가슴이 움직이고 있었다.

그냥 힘을 흡수하고 말아 버릴까?

똘망똘망한 눈으로 나에게 사랑의 하트를 쏘는 오크를 보고 있자니 손에서 절로 식은땀이 흘러내렸다.

핀란드로 가는 길은 그 어떤 강한 몬스터와의 전투보다 나를 더 지치게 만들었다.

사장과 오크의 사이에 끼어 이러지도 저러지도 못하는 상황에서 내가 할 수 있는 일은 발을 빠르게 놀리는 것뿐이었다.

"드디어 도착이다. 와, 정말 힘든 길이었어."

핀란드에 도착하자 가슴속 깊숙이에서부터 환호성이 터져 나왔다.

드디어 이 지옥 같은 여행의 끝이 보였기 때문이다.

핀란드에 있는 제자만 포섭한다면 절반은 성공한 것과 다름없었다.

한 명이 두 명이 되고, 두 명이 다섯 명이 되는 것은 금방이었다.

"아직 헬싱키까지 도착하려면 멀었어. 못해도 3일은 더 걸어야 될 것 같은데."

사장이 지도를 보며 3일이라는 예상 시간을 말했지만 우리는 2일 만에 헬싱키에 도착할 수 있었다. 내가 잠도 재우지 않고 부대원들을 독촉해서 이루어낸 성과였다.

헬싱키에 도착하자 단단한 장벽이 도시를 둘러싸고 있었고 오크의 도시보다는 적은 수였지만 적지 않은 수의 몬스터가 장벽 안에서 기운을 뿜어내고 있었다.

"노크를 하면 될까?"

장벽을 부수지 않고 마을로 들어간 적은 없었고 장벽 안으로 들어가는 방법에 대해서는 전혀 모르고 있었다.

"노크를 해봐야 아무 소용 없어요. 이래서 남자는 여자를 잘 만나야 된다니까. 지켜보세요."

계속해서 자신이 일등 신붓감이라고 어필하는 오크를 보고 있자니 한숨만이 나왔다.

"누님이 왔다. 어서 뛰어나오지 않고 뭐하는 거야!"

오크의 우렁찬 소리가 장벽을 넘어 도시 안으로 울려 퍼졌고 장벽 주변을 지키던 몬스터들은 순식간에 모습을 감추었다.

"안 나오면 밤에 쳐들어간다!"

아무렇지도 않게 내뱉는 오크의 섬뜩한 말에 곧 하나의 기운이 엄청나게 빠른 속도로 장벽으로 접근해 왔다.

"여기 도착했습니다. 제발 그러지 말아주세요."

파란 로브를 입은 사내가 우리의 앞에 도착해서 손을 비비고 있었다.

그도 오크의 침실 방문을 극구 사절하는 것이었다.

"무슨 일로 여기까지 찾아왔습니까? 도시는 어쩌고요?"

"할 말이 있으니 찾아왔지. 여기는 내 새로운 신랑이야. 인사해."

파란 로브를 입은 사내는 안쓰러운 표정으로 나를 바라보고는 어깨까지 두드려 주며 친근감을 표시했다.

"어쩌다가 그렇게 된지는 몰라도 고생이 많겠어."

"그런 사이 아닙니다. 저 오크 혼자 북 치고 장구 치고 하는 겁니다."

"자네 마음 내가 잘 알고 있지. 하지만 벗어나지는 못할 거야. 에휴."

"아니, 진짜 그게 아니고."

"안다고. 잘 알고 있어. 이러지 말고 안으로 들어가서 얘기를 마저 나누자고."

파란 로브를 입은 사내가 로브를 벗었다.

그의 귀가 쫑긋한 걸로 보아 엘프 일족처럼 보였다.

큰 눈과 기름기 하나 없이 매끈한 머릿결 그리고 잘 뻗은 몸매까지 엘프가 갖추어야 할 모든 요소를 가지고 있는 그였다.

엘프의 안내를 따라 도시로 들어가자 동물형 몬스터들의 모습을 발견할 수 있었다. 몬스터라고 부르지 못할 정도로 아름다운 모습을 하고 있는 동물들이었다.

머리에 뿔이 달린 유니콘으로 보이는 말도 보였고 무지개 색의 날개를 가진 새도 보였다.

"전부 내가 키우는 신수들이라네. 내가 가진 권능이 동물에게 힘을 부여하는 것이라네. 전부 나의 손을 거쳐 이런 아름다운 모습을 가지게 되었지."

"신수는 개뿔, 돌연변이들이지. 자고로 몬스터는 본연의 모습이 가장 아름다운 법이야. 나처럼 말이야."

오크의 말에 동의하는 사람은 아무도 없었지만 오크는 자랑스레 몸에 있는 근육들을 뽐내었고 여러 사람의 헛구역질 소리가 울려 퍼졌다.

"인간들은 왜 저렇게 어려운 방법으로 좋다는 표현을 하는지 몰라. 그냥 말로 하면 쉬울 건데."

헛구역질이 좋다는 의미가 아니라는 것을 깨닫기까지는 많은 시간이 필요할 것 같다.

우리는 엘프의 보금자리로 보이는 오두막집으로 들어갔고

따듯한 차 한 잔을 마시며 대화를 이어 갔다.

"그런데 엘프는 자연을 사랑하는 존재가 아니었나요? 이 집을 짓기 위해서는 여러 그루의 나무가 필요할 것 같은데."

"난 엘프 때려치운 지 오래되었어. 내가 사랑하는 것은 동물들이라고. 식물들이 어떻게 되든 신경 안 써. 움직이지도 못하는 식물을 아껴서 뭐하겠어."

내가 알고 있던 엘프에 대한 선입견을 한 방에 깨어주는 말을 내뱉는 엘프였다.

"그런데 누님. 여기까지 신랑감 소개시켜 주려고 온 것은 아닐 테고, 무슨 일입니까?"

"신랑감 소개시켜 주는 게 가장 큰 목적이었지만 다른 목적이라면 죽음의 수호자가 문제를 일으키고 있다고 해서 말이야."

"그가 무슨 문제를 말입니까?"

"너는 죽음의 수호자의 방문을 받지 않았었어?"

"몇 달 전에 찾아온 적이 있었습니다. 스승님의 봉인을 같이 풀자고 제의했었고 저는 그러고 싶은 마음이 없어 거절했었습니다."

"우리가 거절하자 그가 나쁜 마음을 먹은 것 같아. 가지고 있던 힘을 되찾고 우리의 능력까지 흡수해서 스승님의 봉인을 풀려는 계획을 가지고 있는 듯해."

"같은 제자의 힘을 흡수한다는 말입니까? 어떻게 그런 극악무도한 짓을."

"그렇게 말하면 우리도 할 말은 없잖아."

자신들의 스승을 봉인한 그들이었기에 마음이 편치 않았
다.

"하지만 우리는 대의가 있지 않았습니까. 깨져 버린 몬스
터 월드의 균형을 위해 어쩔 수 없이 행한 일이었습니다. 하
지만 그가 하려고 하는 일은 도의에 어긋난 일입니다."

"그렇게 말해봐야 씨알도 안 먹힐 거야. 그런 마음을 집어
먹은 놈이 잘도 알아듣겠다."

"그를 막아야 합니다. 우리의 힘을 뺏기고 우리가 죽는 것
이 문제가 아닙니다. 스승님의 봉인이 깨진다면 몬스터 월드
는 다시 지옥으로 변해 버릴 겁니다."

몬스터 월드가 지옥으로 변하지 않게 하기 위해 우리가 살
고 있는 곳이 지옥으로 변해 버렸다는 것을 그들은 알고 있을
까?

그들이 하는 말을 들으면 들을수록 화가 치밀어 올랐다.

이미 돌이킬 수 없는 일이긴 했지만 그들이 원인이 되어 몬
스터 범람이 일어난 것은 사실이었다.

검은 로브의 사내가 스승의 봉인을 풀면 몬스터 도어가 사
라지지 않을까?

지금 내가 하고자 하는 일에 대한 의문이 강하게 들기 시작
했다.

이들을 도울 것이 아니라 검은 로브의 사내를 도와야 원래의 세상으로 만들 수 있지 않을까 하는 생각이 깊게 들기 시작했다.

현재 동맹 관계를 맺고 있긴 했지만 이들은 모두 자신들의 야욕을 위해 이곳으로 넘어온 존재들이었다.

내가 왜 이들을 보호하기 위해 힘을 써야 하는 걸까?

이들이야말로 이 땅을 지옥으로 만든 주범들이었다.

제7장
죽음의 수호자

"어떻게 생각하세요?"

내가 지금 하고 있는 일이 옳은 일인지에 대해 생각하다 보니 대화의 흐름을 놓쳐 버렸다.

"잘 못 들었어요. 다시 말해주실래요?"

"죽음의 수호자를 어떤 방식으로 상대할지에 대해 물어봤어요. 아무리 생각해도 그를 막을 마땅한 방법이 생각이 나지 않아서요. 그를 잡기 위해 돌아다닌다고 해서 잡을 수 있을 것 같지도 않고 그렇다고 숨어 지낼 수도 없잖아요."

"제가 생각하는 가장 좋은 방법은 최대한 많은 수의 제자가 한곳에 뭉쳐 있는 거라고 생각합니다. 그렇게 한다면 쉽사리 그가 공격해 들어오지 못할 겁니다."

"그러면 내가 사랑하는 동물들과 헤어져야 한단 말이야?"

"같이 지내면 되지 않습니까?"

"미개한 몬스터들하고 우리 동물들하고 어찌 같은 공간에서 지내게 할 수 있단 말이야."

"뭐라고? 미개한 몬스터? 나도 몬스터라는 걸 잊은 거야? 너 좀 혼나야겠어."

"아니, 누님이 왜 몬스터입니까. 누님은 몬스터보다 상위의 존재지 않습니까."

"어쨌든 우리 아기들을 무시하는 발언은 삼가주길 바라. 나도 한 끼 식사거리하고 같이 살고 싶은 마음은 없다고."

의견의 격차는 좁혀지지 않았다.

그들 모두 이곳으로 온 이유는 자신들의 욕심을 채우기 위해서였고 그 욕심을 포기하면서까지 힘을 합칠 생각은 없어 보였다.

"두 분 중 한 명이 포기해야 될 것 같습니다. 아니면 가까운 거리에 새로운 도시를 하나 만들고 틈틈이 들르면 되는 것 아니겠습니까?"

"지금 만든 도시를 만들기 위해 내가 얼마나 공을 들인 줄 알고 그런 말을 하는 거야? 동물들이 살기 좋은 환경을 조성하기 위해 손수 만든 집들을 포기하고 다시 다른 곳에서 새로 만들라는 게 말이나 되는 소리야!"

"그러면 몬스터 도시를 새로 만들면 되겠네요. 거기는 딱히 공들인 것은 보이지 않던데요."

"지금 나보고 양보하라는 소리가 나와? 우리 애기들이 얼마나 민감한데! 새로운 환경에 적응하지 못해 병이라도 걸리면 책임질 거야?"

몬스터가 환경에 적응을 못해 병에 걸린다는 소리는 살아생전 처음 들어봤다.

"네, 제가 책임지겠습니다. 그러니 몬스터 도시를 새로 만드는 것으로 하죠."

"신랑이 그렇게까지 말하면 내가 따라줘야겠지. 넌 오늘 운 좋은 줄 알아. 우리 신랑이 부탁하지 않았으면 절대 도시를 옮기지 않았을 거야."

엘프는 눈인사로 나에게 고마움을 표했고 그의 인사가 딱히 고맙게 느껴지지는 않았다.

"그러면 당장 내일부터 이주를 시작하는 걸로 하죠. 그리고 몬스터 도시까지는 같이 이동하는 걸로 하죠. 그사이에 죽음의 수호자인가 뭐시기인가 하는 검은 로브가 찾아올지도 모르니까요."

"나보고 사랑하는 우리 동물들을 두고 이동하자고? 절대 못해."

"아니, 한 명이 양보를 하면 다른 한 명도 최소한의 양보를 해야죠. 하고 싶은 것만 다 하고 어떻게 삽니까."

"그래 우리 신랑의 말이 맞아. 너는 못돼 처먹어가지고 그렇게 살다가는 제명에 못 죽는다."

오크가 주먹을 테이블 위로 들며 하는 말은 상당히 신빙성이 있어 보였다.

한 번만 더 거절 의사를 보이면 당장에라도 엘프의 얼굴에 주먹이 꽂힐 것만 같았다.

"알겠어요. 그러면 최대한 빨리 이동하는 걸로 하죠. 저는 유니콘을 타고 이동할 테니 속도를 맞추어주세요."

"유니콘이 얼마나 빠른지는 몰라도 너나 잘 따라와. 비실비실해서 남자 같지도 않은 놈이 말은 많아."

"그러는 신랑분도 그렇게 튼튼해 보이지는 않는데요."

"어머 뭐래. 신랑은 이래 봬도 내 주먹을 견딘 몇 안 되는 존재라고. 충분히 나의 신랑이 될 자격이 있어. 밤에는 얼마나 더 튼튼할지는 아직 모르지만 나를 충분히 만족시켜 줄 거라고 믿어 의심치 않고 있어."

"우웩."

"어머, 신랑도 좋다고 저러는 거 좀 봐. 오늘 하룻밤 자고 갈까?"

"절대 안 됩니다. 하루가 급한 상황입니다. 지금 당장 출발하는 걸로 하죠."

오크의 마수에 빠지기 전에 빨리 움직여야 했다. 급히 오두

막집에서 나와 밖에서 동물원 구경을 하고 있는 부대원들을 재촉했다.

"어서 움직여야 합니다. 다시 몬스터 도시로 이동하겠습니다. 몬스터 도시가 이 주변으로 이주할 계획입니다."

"아니, 몬스터 도시가 이주하는데 우리가 호위까지 해줘야 한다는 거야?"

"그렇다고 여기에 두고 저희만 이동할 수는 없잖아요. 같이 이동하죠."

"나는 그렇게는 못하겠다."

앙 다문 입술로 굳은 의지 표현을 하는 사장이었고 굳이 그들을 데리고 이동할 필요는 없을 것 같았다.

제자가 빠져나간 이곳에 검은 로브를 입은 수호자가 찾아올 이유는 없었고 슈트를 입어 빠른 속도를 낸다고는 하지만 그래도 그들을 데리고 이동하면 내가 낼 수 있는 속도의 절반도 내지 못했다.

"그러면 여기서 동물원 구경이나 하고 계세요. 제가 갔다 오겠습니다."

의외의 대답이 나오자 사장은 눈을 크게 뜨며 나를 쳐다봤다.

"삐졌냐? 뭐 이런 일로 삐지고 그래. 말이 그렇다는 거지 내가 왜 너를 안 따라가겠어?"

"삐진 거 아니에요. 진짜 저희끼리 다녀올게요. 그게 더 빠를 거 같네요."

"그래? 그러면 진작 그렇게 말하지. 나는 오해했잖아. 그런데 우리가 없으면 너 오크한테 잡아먹히는 거 아니야?"

"제가 왜 오크한테 잡아먹혀요?"

사장의 말에 다른 뜻이 숨어 있다는 것을 대답을 하고서야 깨달았다.

500명의 눈을 피해 나를 덮치지는 못하는 오크였지만 1명의 눈이라면 충분히 나를 덮칠 만도 했다.

"조심해야죠. 최대한 조심하겠습니다. 저의 순정을 이런 곳에서 저런 오크한테 절대 뺏길 수 없습니다."

"그래 항상 조심하고. 무슨 일 있으면 우리 걱정은 하지 말고 도망쳐. 우리는 알아서 도망칠 테니까."

"감사합니다. 기필코 그런 일이 생기지 않도록 조심하겠습니다."

사장과의 굳은 약속을 하고 있을 때 오크와 엘프가 오두막 집에서 나왔는데 엘프의 눈이 시퍼런 색으로 염색이 되어 있는 걸로 봐서 오크의 주먹이 끝내 그의 얼굴을 만져 준 듯했다.

"어서 가자고 신랑. 우리는 딱히 준비할 게 없어. 신랑만 준비되면 바로 출발할 수 있어."

"저는 준비가 끝났습니다. 바로 출발하도록 하죠."

오크가 하루 자고 가자는 말을 할까 봐 얼른 장벽 근처로 이동했다.

"안 오시고 뭐하세요? 이러다가 해 떨어지겠습니다."

"해 떨어질 거 같으면 자고 갈까?"

"아닙니다. 아직 해가 떨어지려면 한참 남았습니다."

"휘익~"

엘프가 휘파람을 불자 이마에 하얀 뿔을 단 백마 한 마리가 엘프에게 달려왔고 그는 백마를 타고 장벽으로 다가왔다.

"백마 멋있네요. 잘 빠졌습니다."

"백마라니! 신성한 유니콘을 말 따위와 비교하면 섭섭하지."

엘프가 유니콘의 배를 가볍게 두드리자 어디에 숨겨놓았는지 유니콘은 날개 두 쪽을 펼쳐 보였다.

"유니콘의 속도는 그 어떤 동물보다 빠르니 알아서 잘 따라들 오세요."

유니콘은 가볍게 장벽을 뛰어넘어 날아갔고 나는 그의 뒤를 따라 몸을 날렸다.

유니콘의 옆에 서서 같은 속도로 날아가고 있을 때 엄청난 굉음이 뒤에서 울려 퍼지고 있었다.

오크가 무서운 속도로 발을 움직이며 우리를 따라오고 있었다.

"아니, 뛰는 게 나는 속도랑 비슷하다니."

"누님을 일반적인 상식으로 판단하는 것은 멍청한 짓이지.

스승님도 누님의 신체 능력에는 혀를 내둘렀다고."

엄청난 속도로 움직이는 오크는 우리를 앞지르기 시작했다.

"유니콘 자랑을 그렇게 하더니 왜 이렇게 느려."

발이 보이지 않을 정도로 달리면서 입을 놀릴 여유까지 있는 오크였다.

"누님을 생각해서 최고 속도로 달리지 않은 겁니다. 쫓아오기 힘들 겁니다."

유니콘의 날개가 세차게 움직였고 날개 짓에서 느껴지는 바람이 내 머릿결을 세차게 휘날리게 했다.

뒤에서 따라가다가는 멀쩡한 머리카락이 모조리 뽑혀 나갈 것만 같았기 때문에 나는 바람의 기운을 조금 더 사용하여 유니콘을 앞질렀다.

우리는 누가 자신의 앞에 있는 것을 지켜보지 못했기 때문에 각자 낼 수 있는 최고의 속도로 모스크바를 향했다.

덕분에 우리는 일정보다 훨씬 일찍 모스크바에 도착할 수 있었다.

모스크바에 도착하자 가장 먼저 쓰러진 것은 유니콘이었다.

안 그래도 새하얀 털을 가지고 있는 유니콘은 새하얗게 불태웠다는 말을 몸소 보여주었다.

"그러면 바로 몬스터 이주를 시작해 주세요."

"그건 어려울 것 없지."

"으에에엑. 쿠루루룩."

오크의 입에서 외계어가 쏟아져 나왔다. 몬스터의 언어라면 충분히 알아들을 수 있는 능력이 있었지만 지금 오크의 입에서 나오는 말은 이해할 수가 없었다.

하지만 몬스터 도시에 있던 몬스터들은 오크의 말을 알아듣고 장벽에서 나오기 시작했다. 줄까지 맞춰 이동하는 그들의 모습은 군대와 다르지 않아 보였다.

"그런데 동생, 유니콘인지 뿔 달린 변종 백마인지 모르는 말이 힘이 없어 보이네. 며칠 쉬다가 갈까?"

엘프에게 말을 하면서 나에게 윙크를 해 보이는 오크였다. 오크의 속셈은 뻔했다.

절대 그렇게 둘 수는 없었기에 유니콘에게 생명의 기운을 양껏 쏟아부어 주었다.

유니콘은 언제 그랬냐는 듯이 활기를 되찾았고 나에게 감사의 의미로 목을 비벼주었다.

"그래, 잘 달려야지. 너의 다리가 멈추면 내가 지옥행 특급열차를 타게 된다고."

속삭이는 내 말을 알아들었는지 유니콘이 힘차게 투레질을 하며 대답했다.

"유니콘은 이상이 없는 것 같습니다. 바로 출발하시죠."

몬스터 대군이 줄을 맞추어 이동하는 속도는 그렇게 빠르지 않았고 이곳에 오는 시간보다 몇 배는 더 걸려서야 동물원에 도착할 수 있었다.

동물원에 도착하자 몬스터들이 흥분하기 시작했다. 도시 안에 가득 있는 동물들을 먹잇감으로 생각하는 것 같았다.

"누님. 동물들이 겁을 먹고 있습니다. 최대한 먼 곳에 몬스터 도시를 건설해 주세요. 만약에 한 마리의 몬스터라도 이 장벽을 넘는다면 제가 어떻게 행동할지 저도 모릅니다."

"걱정하지 마라. 내 명령을 어길 몬스터들은 없으니까. 너나 잘해."

오크는 몬스터 군대를 이끌고 동물원에서 떨어진 곳에 도시를 건설하기 시작했다.

일사분란하게 도시를 건설하는 몬스터들은 도시 건설에 능숙해 보였다.

"얼마나 거칠게 다뤘으면 남의 말을 듣지 않기로 유명한 트윈 헤드 오우거까지 저렇게 순종적으로 움직일까."

몬스터들의 모습을 보고 고개를 내젓던 엘프는 더는 몬스터의 모습을 보고 싶지 않았는지 장벽 안으로 들어갔다.

나도 딱히 몬스터를 구경하는 취미는 없었기에 나를 기다리고 있는 부대원들을 만나러 엘프의 뒤를 좇았다.

엘프의 마을에 도착하자 어느새 동물들과 친해진 부대원들이 동물 사육사로 변신해 동물들의 먹이를 주고 있었다.

"사장님, 직업 바꾸셨어요? 아무리 직업에 귀천이 없다고 하지만 그래도 사육사보다는 헌터가 낫지 않아요?"

"내가 언제 직업을 바꾸었다고 그래. 그냥 취미 생활이야. 있다 보니 정이 들어서 말이야. 얘네들이 얼마나 귀여운지 알아? 애교도 얼마나 잘 떠는데. 너도 며칠만 지내다 보면 알게 될 거야."

"네 알겠습니다. 계속 동물들 먹이나 주고 계세요."

다른 부대원들은 내가 주는 핀잔에 손을 멈추고 슈트를 향해 걸어갔지만 사장은 끝까지 동물들의 곁은 떠나지 않고 있었다.

정에 굶주린 건가? 이번 일만 마치면 사장 맞선이나 주선해 줘야겠어.

옆집 과부 아줌마가 딱 적당하겠네. 나이도 비슷하고 사장을 잘 챙겨줄 거야.

요즘 시대에 애가 딸린 것이 흠은 아니니까. 사장도 좋아하겠지.

이미 마음속으로 사장과 옆집 과부 아줌마의 결혼식 준비를 마쳤다.

사장의 의견은 크게 중요하지 않았다. 사장은 조건을 따질 때가 아니었다. 저 모습을 보고 있자니 빨리 옆에 누가 있어야 했다.

사장의 결혼 계획을 마무리 짓고 얼마 되지 않아 오크가 도시를 찾아왔다. 나와 엘프는 오크를 데리고 오두막 집 안으로 다시 들어왔다.

"이제 누가 가까운 곳에 도시를 만들고 살고 있나요?"

이제 두 명의 제자를 모았을 뿐이었다. 아직 7명의 제자가 남아 있었다.

"음, 독일에 있긴 한데. 그가 우리의 제안을 따라줄지는 모르겠네."

심각한 표정으로 말하는 엘프였고 다음 포섭이 쉽지 않을 것이 예상되었다.

"독일인가 독삼인가 거기에 누가 있는데 그래?"

"더러운 짓만 골라서 하는 정신 나간 똥색 로브 있잖아요."

"아 그는 진짜 나랑 안 맞는데. 꼭 데리고 와야겠어?"

"우리고 부른다고 해서 오겠습니까? 워낙 개인주의 성향이 강해서 혼자 움직이는 걸 좋아하잖아요."

"아니야, 내가 알아 봤는데 혼자 있는 걸 좋아하는 게 아니라 곁에 아무도 없어서 혼자 다니는 거야. 전에 내가 살짝 말 걸어봤는데 어찌나 좋아하던지. 뭐 내 미모가 뛰어난 것도 한 몫했겠지만 밀이야. 그러니까 신랑은 복이 터진 거야. 알고 있지."

왜 기승전결혼이란 말인가. 아무리 결혼을 하고 싶지 않다고 해도 내 말을 앙탈로만 생각하고 있는 오크였다.

"그러면 몬스터 도시가 완성되는 순간 이동하는 것이 좋겠습니다. 이번에도 같이 움직이시죠."

"나야 신랑이 하자는 대로 하는 순종적인 신부니까. 너는 어쩔 거야?"

주먹을 들어 보이며 말하는 오크였고 엘프는 절대 아니라는 말을 입 밖으로 꺼낼 수 없었다.

자살 충동을 느끼지 않는다면 말이다.

＊　　＊　　＊

똥색 로브라고 불리는 제자를 찾아가기 위해 독일로 이동했다.

모두 빠른 속도로 이동할 수 있는 능력을 가지고 있었기 때문에 순식간에 독일에 도착할 수 있었다.

생전 생각도 하지 않았던 세계 일주를 제자를 만나기 위해 할 판이었다.

"독일 어디에 있는지는 정확히 알고 가시는 거예요?"

독일에 도착한 지 며칠이 지났지만 주위를 빙글빙글 돈다는 느낌을 강하게 받았다.

"분명 여기 근처에서 살고 있었는데 왜 안보이지?"

자신감이 없는 목소리로 말하는 엘프였고 그를 한심하게 쳐다보고 있는 오크였다.

"아니, 너는 정확히 알지도 못하면서 우리를 안내했던 거니?"

"그게 분명히 여기서 그와 만났었습니다. 다른 곳으로, 이동했나?"

똥색 로브가고 불리는 그는 딱히 도시를 만들지 않았기 때문에 찾기가 쉽지 않았었다.

"흔적을 발견했어요. 여기로 와보세요."

엘프가 부르는 곳으로 다가가서 코를 강하게 후벼 파는 냄새가 흘러나왔다.

"이건 분명히 그가 여기에 있었다는 증거입니다."

"이렇게 냄새나는 분비물을 그가 만든 겁니까?"

"그는 가만히 있어도 몸에서 분비물을 끝없이 쏟아내지. 그래서 주위에 아무도 없는 거야. 후각이 있는 존재는 절대 그의 옆에서 지낼 수 없지."

"여기가 그의 보금자리로 보이는데 어디 갔지?"

"주변에서 기다리면 오겠죠. 기다려 봅시다."

똥색 로브의 보금자리로 보이는 더러운 웅덩이에서는 소똥 냄새가 너무 나와 견딜 수가 없었고 우리는 조금 떨어진 곳에서 코를 막고 그를 기다렸다.

"보금자리를 옮긴 게 아닐까요?"

몇 시간이나 한 자리에서 기다렸다. 하지만 그는 모습을 드러내지 않았고 무작정 여기서 그를 기다릴 수는 없는 일이었다.

"그러게 말이야. 일단 주위를 돌아보며 찾아보는 게 어떨까? 여기는 내가 지키고 있을 테니까."

오크에게 윙크를 해 보이는 엘프였다. 나와 오크 둘만의 끔찍하게 오붓한 시간을 만들어줄 계획으로 말을 꺼낸 엘프였고 오크는 냉큼 그의 말을 받아들였다.

"만나서 처음으로 제대로 된 의견을 꺼냈네. 우리 둘이 다녀올 테니까 여기서 얌전히 기다리고 있어."

"저는 좋다고 하지 않았습니다. 제가 여기를 지키고 있겠습니다. 두 분이서 다녀오는 것이 좋지 않을까요?"

내 옷깃을 잡아끄는 오크 때문에 내 말은 효력을 잃었고 어쩔 수 없이 오크와 단둘이 똥색 로브를 찾아 헤맸다.

밤이 오기 전에 그를 찾고 싶었다. 밤이 온다면 오크가 어떻게 변할지 몰랐다.

똥색 로브 이놈은 냄새를 풀풀 풍기며 다닌다면서 왜 하필 오늘 모습을 보이지 않는 거야! 이러다가 큰일 나겠는데.

최대한 오크의 옆에서 떨어져 걷고 싶었지만 나의 팔뚝을 거세게 잡는 오크의 손을 떨쳐 낼 수는 없었고 팔짱을 낀 채로 똥색 로브를 찾아다녔다.

내가 원하지 않아도 시간은 흘렀고 어둠이 찾아왔다. 점점 주변이 어두워지자 노골적으로 몸을 나에게 들이미는 오크였다.

"왜 이러세요. 조금만 떨어져 주세요. 걷기가 힘듭니다."

"걷기가 힘들어? 그러면 우리 조금만 쉬다가 갈까?"

독일까지 한 번도 쉬지 않고 달려올 정도로 강한 체력을 가지고 있는 오크가 힘들 리는 없었고 생명의 기운이 충만한 나는 체력에 문제가 없었다. 절대 쉬고 싶지 않았다.

"여기로 와. 딱 눕기 좋게 낙엽이 떨어져 있네."

누가 만들어놓은 것처럼 낙엽이 푹신하게 쌓여 있었고 그곳으로 나를 끌다시피 해서 데리고 가는 오크였다.

"저는 쉬고 싶은 마음이 없습니다. 우리를 기다리고 있는 엘프를 생각해서라도 쉬어서는 안 됩니다."

아무리 반항을 해보아도 오크의 힘은 내가 감당할 수준이 아니었다.

기운을 끌어 올려 반항을 할 수도 있었지만 그렇게 되면 동맹 관계는 끝이었다.

"괜찮아. 잠깐만 쉬는 건데 뭐."

나를 안아 들고 오크는 낙엽으로 몸을 날렸다.

푹신한 낙엽이 느껴질 틈도 없이 추락하는 느낌을 받았다.

쿵.

낙엽 밑에는 큰 구덩이가 파져 있었고 그곳에서 지금까지 맡아보지 못한 역겨운 냄새가 흘러 나왔다.

"어머 여기에 똥색 로브가 있나 본데. 이 냄새는 그의 냄새가 분명해."

전화위복이었다. 만약 이 구덩이가 없었다면 나는 오크의 한 끼 식사가 될지도 모르는 일이었다.

"구멍이 안쪽으로 연결되어 있네요. 저 안쪽에 그가 있을 것 같습니다."

냄새의 근원지를 따라 발을 움직였고 그곳에는 엄청난 양의 구더기 떼가 우리를 반겼다.

"구더기는 별로 좋아하지 않는데. 무서워."

오크가 구더기가 무섭단다. 무섭다는 핑계로 나에게 안겨드는 오크였다.

그의 몸을 감싸 안기에는 내 두 팔은 너무 짧았고 나는 오크를 피해 몸을 돌렸다.

쿵.

그녀는 중심을 잃고 옆으로 쓰러졌다.

"어머, 신랑은 장난도 심해."

오크의 말을 무시하고 똥색 로브를 찾기 위해 구더기 떼를 헤집고 들어갔다.

"혹시 이분이 11명의 제자중의 한분인가요?"

구더기 떼를 헤집자 그 안에서 싸늘하게 죽은 시체 한 구가 있었고 온몸을 구더기들이 파먹고 있었다.

"맞아. 어쩌다가 이런 일이."

오크는 제자가 죽은 모습은 처음 보았을 것이다. 오크는 아무런 행동도 하지 않고 멍하니 시체를 바라만 보았다.

왜 죽은 걸까? 검은 로브가 찾아왔던 걸까?

나는 해답을 찾기 위해 기감을 열었고 시체에서 어렵지 않게 죽음의 기운의 흔적을 찾을 수 있었다.

그가 다녀간 것이다. 우리가 늦었다. 시체의 상태로 보아서는 언제 당했는지 알 수 없었지만 죽음의 기운이 아직 강하게 남아 있는 걸로 보아 당한 지 얼마 되지 않았다는 것을 알 수 있었다.

"우리가 늦었네요. 며칠 전에 검은 로브가 다녀간 것 같습니다."

아무런 말도 하지 않고 하염없이 그의 시체를 바라만 보고 있던 오크의 입이 열렸다.

"정말이었어. 어떻게 같은 제자끼리 그런 짓을 할 수가 있단 말이야. 으아아아아!"

그녀가 포효하며 벽을 마구잡이 두드렸다. 분노가 오크의 머릿속을 잠식했고 오크는 힘을 제어하지 못하고 주먹을 휘둘렀다. 엄청난 흙더미가 우리를 덮쳤다.

땅의 기운을 이용해 오크를 데리고 밖으로 빠져나왔다.

오크는 흙더미로 샤워를 한 후라 그런지 조금은 진정이 된 듯했다.

"이제 어떻게 해야 하지? 그가 여기서 멈추지 않겠지? 아마 다른 제자를 찾으러 이동했을 거야. 우리는 어떻게 해야 좋을까?"

충격에 머리가 돌아가지 않는지 오크답지 않게 작은 목소리로 속삭이듯이 말하는 그에게 내가 해줄 수 있는 것은 옆을 지켜주는 것밖에 없었다.

서서히 날이 밝아왔고 이제는 움직여야 했다. 오크의 슬픔이 가시지 않았겠지만 더는 여기서 지체할 수가 없었다.

"엘프가 우리를 기다리고 있습니다. 어서 움직이죠."

억지로 오크의 팔을 잡아당겨 일으켜 세웠고 오크는 터덜터덜 발을 움직이기 시작했다.

느린 속도로 움직였지만 엘프가 기다리던 장소는 여기서 멀지 않았고 얼마 걷지 않아 도착할 수 있었다. 엘프는 우리의 모습을 발견하고는 반갑게 웃으며 달려왔다.

"좋은 시간 보내고 왔나요?"

"그가 죽었어. 정말 검은 로브가 그의 힘을 흡수하고 죽여버렸어."

"무슨 말입니까? 그가 죽었다니. 아무리 혼자 다니는 황색 로브라고 하지만 그는 그렇게 쉽게 당할 존재가 아닙니다."

"이미 시체를 확인하고 오는 길입니다. 그의 몸에서 죽음의 기운이 강하게 풍겨왔습니다. 검은 로브의 짓이 분명합니다."

엘프가 눈물을 흘렸다. 항상 밝은 모습을 하고 있는 엘프의 눈에서 눈물이 흐르자 주변의 공기마저 차갑게 식어

갔다.

"죄송하지만 슬픔을 애도할 시간이 없습니다. 검은 로브가 다른 제자의 힘을 흡수하기 전에 얼른 찾아야 합니다. 여기서 가장 가까운 제자의 위치가 어디에 있습니까?"

"나는 잘 몰라. 내가 위치를 아는 제자는 그가 유일했어. 누님은 알고 계십니까?"

"나와 같이 인간 세계로 나온 회색 로브가 사우디아라비아로 간다고 했어. 그는 워낙 사막을 좋아했잖아. 거기서 자신만의 도시를 건설하고 있을 거야."

"그러면 바로 거기로 이동하기로 하죠."

"하지만 그는 절대 사막을 떠나 우리에게로 오지 않을 거야. 그는 사막 지대를 워낙 좋아하거든. 사막이 아닌 곳에서는 한시도 살고 싶지 않다고 했었어."

"지금 사막이 중요합니까? 목숨이 더 중요하지. 그리고 사막이 없으면 만들면 되잖아요. 일단 사우디아라비아로 이동하는 걸로 하죠."

슬픔에 빠져 있는 그들은 내 말을 듣고도 움직일 생각을 하지 않고 있었고 마음을 진정시킬 시간이 필요해 보였다.

"알겠습니다. 그러면 하루만 여기에서 지내는 걸로 하겠습니다. 저는 잠시 어디를 다녀오겠습니다. 금방 돌아올 테니까. 여기서 기다리고 계세요."

평소 같으면 자기를 두고 어디를 가냐고 소리를 지를 오크도 지금만큼은 아무런 반응도 보이지 않았고 나는 그들을 두고 부대원들이 있는 동물원으로 텔레포트했다.

그들에게 일정을 설명해 주어야 했기 때문이다.

엘프의 도시에 도착하자 전과 다름없이 동물들과 뛰어놀고 있는 부대원들의 모습이 보였고 사장이 가장 열정적으로 동물들과 교감을 나누고 있었다.

"사장님, 저 왔습니다."

"일은 다 끝내고 온 거야?"

"아닙니다. 좋지 않은 일로 다시 돌아온 겁니다. 1명의 제자가 벌써 검은 로브에게 흡수당했습니다. 상황이 좋지 않습니다. 다른 제자가 사우디아라비아에 있다고 하니 거기로 이동할 계획입니다. 그때까지 조금만 더 여기서 기다려 주세요. 오래 걸리지는 않을 거 같습니다."

"그래? 그러면 어서 가봐. 이러는 동안에도 검은 로브가 다른 제자를 찾아가고 있을지도 몰라."

"알겠습니다. 그런데 다른 일은 없었죠?"

"우리? 우리야 아무 일도 없지. 여기서 지내는 것이 하나도 불편하지 않으니까. 우리 걱정은 하지 말고 얼른 다녀와라."

몬스터 범람 이후 이렇게 많은 종류의 동물을 접할 기회가 없었기 때문인지 부대원들의 모습은 밝아 보였다.

"그러면 다녀오겠습니다. 무슨 일이 생기면 뒤도 돌아보지 말고 도망가세요. 혹시나 검은 로브를 입은 사내가 여기에 방문하면 특히 말입니다."

"걱정하지 마라. 내가 사실 삼십육계가 주특기니까 말이야."

부대원들을 두고 사우디아라비아로 이동하는 것이 불안하기는 했지만 마땅히 다른 방법이 없었기 때문에 그들을 두고 다시 오크와 엘프가 기다리는 곳으로 텔레포트했다.

도착해서 마주한 그들의 얼굴은 여전히 어두워 보였지만 그래도 이전보다는 나아 보였다.

"이제 출발할 준비가 되셨나요?"

"그래 이동하자. 늦으면 늦을수록 다른 제자들의 목숨이 위험해질지도 몰라."

마음을 다잡은 둘을 데리고 급히 사우디아라비아를 향해 날아갔다.

상황이 급박하게 바뀌었다는 사실을 깨달은 우리였기에 이동 속도는 전보다 현저히 빨라졌다. 잠시의 쉬는 시간도 없이 며칠 밤낮을 날아 사우디아라비아에 도착할 수 있었다.

"여기서 어떻게 그를 찾죠? 사방이 사막인데."

딱히 이정표도 보이지 않는 곳에서 회색 로브를 입은 제자를 찾는 것은 쉬워 보이지 않았다.

사방을 둘러보아도 거기가 거기 같았다.

"일단 움직이는 게 좋을 것 같아. 가만히 있는다고 해서 그를 찾을 수 있을 것 같지는 않아."

우리는 방향을 무시하고 사막을 떠돌아다니기 시작했다.

뜨거운 날씨가 우리를 멈추게 하지는 않았지만 짜증을 나게는 하였다.

더운 날씨와 거친 모래바람이 신경을 건드렸다.

짜증이 폭발할 것만 같았다.

"으아아아아아. 다 죽여 버릴 거야!"

나보다 오크가 먼저 폭발했다.

오크는 주먹을 모래에 박아 넣기 시작했고 오크는 화가 풀릴 때까지 모래를 헤집어놓았다.

"누가 이렇게 시끄러운가 했더니 누님이었군요."

모래 안에서 사막 지렁이 한 마리가 고개를 들었고 그 위에는 회색 로브를 입은 사내가 앉아 있었다.

"다행이다. 너는 아직 살아 있었구나."

오크가 그를 향해 뛰어들고는 거칠게 끌어안았다.

"콜록콜록. 무슨 일입니까? 제가 죽기는 왜 죽습니까. 여기서 우리의 목숨을 위협할 만한 존재가 있긴 합니까?"

"황색 로브가 죽었어. 처참하게."

"그가 왜 죽었단 말입니까? 사고도 치지 않고 조용히 지내는 그가 목숨을 잃을 이유가 뭐란 말입니까."

제자들 사이의 유대감은 내 생각보다 깊어 보였다.

회색 로브의 사내도 오크와 엘프와 다르지 않게 흥분해 소리를 질렀다.

"검은 로브. 그가 그랬어. 스승님의 봉인을 풀기 위해 다른 제자들의 힘을 흡수하고 있는 중이야."

"그가 말입니까?"

회색 로브의 사내는 말을 잃어버렸다.

"그래. 어서 우리가 힘을 합쳐 검은 로브의 계획을 막아야 해."

오크와 엘프는 힘없이 팔을 내리고 있는 회색 로브의 양손을 붙잡고 그를 위로했다.

*   *   *

차가운 강풍이 불어오고 주변에는 빙상만이 가득한 땅에 검은 로브를 입은 존재가 빙상을 오르고 있었다. 국토의 대부분이 빙상으로 덮여 있는 그린란드에 그가 찾고자 하는 존재가 있었다. 11명의 제자 중 유일하게 로브를 입을 필요가 없는 존재를 찾고 있었다. 11명의 제자 중 두껍고 하얀 털을 가지고 있는 존재가 있었다. 그는 화산마저 차갑게 얼려 버릴 수 있는 능력이 있었고 그가 지나가는 곳은 얼음만이 가득했다.

검은 로브는 설인을 찾고 있었다.

이미 그는 한 명의 제자의 힘을 흡수한 뒤였지만 더 많은 힘을 원하고 있었다.

그가 하고자 하는 목적을 이루기에는 아직 힘이 부족했다.

추위에 영향을 받지 않는지 그는 얇은 로브만을 입고 빙상을 올랐고 꼭대기에서 그가 찾고자 하는 설인이 그를 기다리고 있었다.

"추운데 여기까지 오느라 고생했다. 죽음의 기운이 느껴져서 네가 온다는 것은 알고 있었다. 무슨 말을 하려고 추위로 뒤덮인 이곳을 찾은 거지?"

"스승님이 보고 싶지 않으십니까? 저는 그분이 너무도 보고 싶습니다. 우리에게 힘을 전수해 주고 아껴주던 스승님의 모습을 다시 가까이서 보고 싶습니다."

"나도 너와 다르지 않다. 제자 모두가 스승님이 그리울 것이다."

"그렇다면 저와 함께 힘을 합쳐 스승님의 봉인을 깨지 않으시겠습니까?"

"봉인을 깨자고? 그건 몬스터 월드의 평화를 부수는 일이다. 너도 잘 알고 있지 않느냐. 스승님이 계실 때 몬스터 월드가 얼마나 불균형했는지."

"그게 중요한 겁니까? 저는 그런 것은 신경 쓰지 않습니다. 단지 스승님과 함께 있고 싶을 뿐입니다."

"그럴 순 없다. 그 말을 하려고 여기까지 찾아 왔다면 헛수고를 했구나. 내려가거라."

"저와 힘을 합칠 제자는 정녕 아무도 없다는 말입니까?"

"포기하거라. 모든 제자가 이미 자신들의 생활에 만족하고 살고 있다. 너도 새로운 길을 찾아보거라."

"제가 헛수고를 했다고 말하셨습니까?"

"그렇다. 나는 너와 함께하고 싶지 않구나."

"저와 함께하지 않는다고 해서 제가 여기까지 온 것은 절대 헛수고가 아닙니다."

설인은 검은 로브의 말뜻을 이해하지 못하는 듯 보였다.

얼굴을 본 것으로 만족한단 말인가?

그럴 리는 없을 것이다. 검은 로브의 사내는 예전부터 제자들 간의 유대감이 가장 적은 존재였다.

푹.

설인의 하얀 털이 붉게 물들고 있었다. 붉은 피가 흐르는 설인의 뱃속에는 죽음의 기운이 가득 담긴 검은 로브의 손이 파고들어 가 있었다.

"아니 왜?"

죽음의 기운이 설인의 몸속을 헤집고 있었고 설인은 제대로 말도 잇지 못했다.

"저는 스승님의 봉인을 깨고 말 것입니다. 저와 동조하지 않는다면 저에게 힘을 주십시오."

검은 로브의 눈에는 스쳐 지나가듯이 슬픔이 보였다. 그도 마음이 편하지만은 않았다.

"어떻게 네가……."

설인의 피가 빙상을 붉게 만들었다. 빙상은 설인의 죽음에 슬퍼하듯이 금이 가기 시작했고 하늘에 맞닿아 있을 정도로 높은 빙상이 흔들렸다.

"마지막 안식처가 빙상이라서 다행입니다. 그렇게 좋아하는 얼음 안에서 안식을 취하시기 바랍니다."

검은 로브의 사내가 서 있던 빙상이 부서졌다. 그 빙상은 중력의 힘에 의해 밑으로 미끌어져 내려갔고 그는 빙상 아래로 사라졌다.

*　　　*　　　*

부대원들이 동물들과 놀고 있는 엘프의 도시로 돌아왔다.

반가운 사람들이 기다리고 있는 곳으로 돌아왔지만 마음이 편하지는 않았다.

이미 검은 로브가 한 명의 제자의 힘을 흡수했고 사막에서 살고 있는 회색 로브는 우리를 따라 이곳으로 오는 것을 거부

했기 때문이다.

그는 검은 로브의 사내와 마주쳤을 때 맞서 싸우지 않고 몸을 피하겠다고 우리에게 약속을 하긴 했지만 그게 가능할지는 모르겠다.

그를 두고 우리끼리 마을로 돌아온 선택이 옳지 않을 수도 있다.

"왜 그렇게 똥 씹은 표정을 하고 있어? 오랜만에 보는데 얼굴이 그래서야 반갑다고 인사도 못 하겠다. 인마, 얼굴 좀 펴. 어디 줄초상이라도 났어?"

"줄초상이 나지는 않았지만 조만간 날지도 모르겠네요."

"그건 또 무슨 말이야?"

사장의 말에 대꾸해 줄 힘도 없었고 부대원들이 쳐 놓은 텐트 아무 곳에 들어가 잠을 청했다.

아직 해가 중천에 떠 있는 시간이었고 잠을 청하기는 이른 시간이었지만 여행의 피로가 생각보다 머리를 피곤하게 했고 지금은 수면이 필요했다.

오크와 엘프는 자신의 도시를 관리하기 위해 분주했고 나는 아무런 방해도 받지 않고 숙면을 취할 수 있었다.

"언제까지 잘 거야? 무슨 낮잠을 해가 질 때까지 자냐."

나에게 텐트를 뺏긴 부대원이 사장에게 내가 여기에 있다고 말했는지 사장이 나를 깨웠다.

"긴 여행이었잖아요. 당연히 피곤하죠."

"일어나 봐. 할 말이 있어."

"네, 말하세요. 귀는 열려 있습니다."

여전히 누운 상태로 사장의 말에 귀를 기울였다.

"솔직히 지금 네가 하고 있는 일 마음에 들지 않아. 저들 때문에 몬스터 범람이 일어났다면서. 그런데 왜 저들을 돕고 있는 거야?"

지금까지 아무런 말도 하지 않았던 사장이었기에 그도 나의 의견에 동조하고 있다고 착각했었다.

"그러면 어떡합니까. 저들의 힘을 검은 로브가 다 흡수하도록 둘 수는 없잖아요."

"처음 계획은 그게 아니었잖아. 우리가 여기까지 온 이유가 뭔지 말해봐."

"처음 계획은 몬스터 도시 파괴였었죠."

"근데 지금 그 계획이 어떻게 되어가고 있는데? 몬스터 도시들은 멀쩡하고 오히려 그들을 돕고 있잖아."

"갑자기 왜 그런 말을 하세요? 저도 좋아서 하고 있는 일이 아니라는 걸 잘 알고 계시지 않습니까."

"알고 있으니 하는 말이잖아. 네가 지금 생각의 틀에 갇혀 있는 것 같아서 이런 말을 하고 있는 거야. 네가 어떤 선택을 하든지 간에 우리는 너를 따르겠지만 그렇다고 해서 네가 아무렇게나 행동해도 된다는 건 아니야."

사장의 말이 아니더라도 내 머릿속은 충분히 혼란스러웠

다. 지금 내가 하고 있는 일들의 목적이 무엇인지도 헷갈렸다.

몬스터 범람을 막기 위해서인지 검은 로브를 막기 위해서인지 모르겠다.

"정리가 필요해요. 저도 지금 제가 무슨 일을 하고 있는지 모르겠습니다."

"그래 정리 한번 해보자. 가장 큰 목표가 뭐야?"

"가장 큰 목표는 마을의 안전이죠. 마을의 안전을 위해 도시에 방벽을 세웠고 몬스터들과 전투를 벌였습니다. 완벽한 안전을 위해서는 몬스터들이 더는 넘어오지 못하게 해야 됩니다."

"그렇게 하려면 어떻게 해야 되는 건데?"

"몬스터 도어가 없어진다면 더는 몬스터 범람이 일어나지 않을 겁니다. 그러기 위해서는 몬스터 범람을 일으킨 존재들을 없애면 됩니다."

"그래, 그러면 검은 로브를 막는 게 우선이야, 아니면 몬스터 도시를 파괴하는 것이 우선이야?"

나를 가장 혼란스럽게 만들고 있었던 질문을 사장이 던졌고 대답은 생각보다 쉽게 튀어나왔다.

"몬스터 도시의 파괴가 제일 우선입니다. 검은 로브가 아무리 강한 힘을 가지고 있다고는 하지만 그의 목적은 스승의 부활입니다. 그가 몬스터 범람을 다시 일으킬 가능성은 낮습니다."

"그러면 지금 우리가 어떻게 행동해야 되는 거냐?"

"10명의 제자들을 죽여야 합니다. 만약을 대비해 검은 로브까지 죽인다면 더는 몬스터 범람에 대한 걱정을 하지 않아도 됩니다."

머리가 맑아졌다. 제자들을 찾으러 여행을 하는 동안에 괴롭히던 생각이 정리가 되었다.

"감사해요, 사장님. 역시 나이는 허투루 먹은 게 아니네요."

"고맙다고 하는 놈 말본새 봐라. 방금까지는 존칭을 잘만 쓰더니. 이제는 또 맞먹으려고 하네."

"사장님은 기수가 딸리잖아요. 억울하면 일찍 수련을 하지 그랬어요."

"그래 잘났수다. 하여튼 잘 생각하고 행동해. 너에게 딸린 식구가 몇 명인지만 생각한다면 옳은 선택을 할 수 있을 거다."

사장과의 대화에서 내가 할 일을 찾았다. 나에게 우호적인 오크와 엘프는 제쳐 두고서라도 다른 제자들을 죽여야 했다.

결정을 내렸으면 행동을 해야 한다.

텐트에서 나오자 나에게 텐트를 뺏긴 부대원이 멋쩍은 웃음을 지으며 텐트 앞에 서 있었다. 나는 그의 어깨를 두드려 주고는 어두운 곳으로 이동했다.

아무도 없는 장소에 도착해서 목걸이를 만지작거렸다. 내가 지금 갈 곳은 사우디아라비아의 사막 지대였다. 목표는 회색 로브.

그의 힘을 흡수할 생각이다.

검은 로브에게 선수를 뺏기기 전에 움직여야 한다.

어두운 하늘에서도 모래바람은 멈추지 않고 있었고 모래바람을 피해 모래 안으로 몸을 숨겼다.

회색 로브가 타고 다니던 사막 지렁이의 기운을 느껴보았기에 그를 찾는 것이 어려운 일은 아니었다. 모래 안에서 기감을 열고 사막 지렁이의 기운이 있는 곳을 찾아다녔고 오래 걸리지 않아 기운이 감지되는 곳을 찾을 수 있었다.

모래 속으로 이동해 사막 지렁이의 기운이 느껴지는 곳에 도착했다. 사막 지렁이는 여러 마리의 사막 몬스터들과 옹기종기 모여 있었고 그 가운데에 회색 로브의 사내가 위치하고 있었다.

"누구냐!"

그가 나의 기운을 감지했다. 친한 척 다가가 뒤통수를 치고 싶지는 않았고 곧장 기운을 끌어 올려 그에게 공격해 들어갔다.

그가 가진 능력을 정확히 알지는 못했지만 사막에 보금자리를 잡은 만큼 모래 속은 그에게 유리한 전장이라는 것은 알고 있었다.

사막 한가운데에 돌풍이 불었다. 그 돌풍은 나와 회색 로
브가 있는 모래를 후벼 팠고 우리는 모래 위로 나오게 되었
다.

바람의 기운이 만든 돌풍이 이었다.

"갑자기 찾아와 이러는 이유가 무엇이냐?"

"몬스터에게 피해를 받은 인간의 복수라고 생각하시면 될
것 같습니다."

그와 대화를 나누다 보면 마음이 약해질 수도 있다. 입을
닫고 그에게 집중했다.

회색 로브의 사내 주위로 모래들이 모여들고 있었다. 그는
모래로 만든 방어막 안에 들어갔고 그의 주위에 모래로 만든
골렘들이 일어서기 시작했다.

모래로 만든 골렘이 무엇을 할 수 있을까?

바위처럼 단단한 강도를 가지고 있어 보이지 않는 골렘들
에게 바람으로 만든 그물을 날려 보냈다. 생각대로 모래 골렘
들은 산산조각 나 땅으로 돌아갔다.

하지만 몇 초가 지나지 않아 골렘들이 다시 일어나 나를 향
해 다가왔다.

그뿐 아니라 뭉쳐진 모래가 나에게 날아들어 왔고 모래들
은 나를 속박하기 위해 내 몸을 감쌌다.

나도 그처럼 장벽을 만들어 모래로부터 몸을 보호했다.

장벽을 만들기 전에 기관지를 통해 모래가 몸속으로 들어왔고 모래들은 마치 스스로 움직이는 것처럼 나의 숨통을 조여왔다.

많은 양의 모래가 아니라서 숨을 쉬는 데는 큰 문제가 없었지만 모래가 위험하다는 사실을 알 수 있었다.

모래로 만든 장난감과 싸우기보다는 그를 직접 공격해야 한다.

모래를 아무리 부수어도 다시 본래의 모습으로 돌아온다.

허공에 삽질을 하고 싶지는 않았다.

바람의 기운으로 모래가 다가오지 못하게 한 후 모래로 만든 방어막을 향해 뛰어갔다.

탕.

모래 방어막을 두드리자 쇠를 두드릴 때나 나는 소리가 울려 퍼졌다.

내가 만든 장벽과는 비교가 되지 않을 정도의 강도를 가지고 있는 방어막이었다.

그는 공격에는 큰 재능이 있어 보이지는 않지만 방어 능력만은 특출했다.

그가 만들어내는 모래 골렘이나 기관지를 막는 모래바람은 쉽게 막을 수 있다.

그가 나에게 치명타를 입히지 못하는 것처럼 나도 그에게 치명타를 넣지 못하고 있었다.

저 방어막을 뚫을 방법을 생각하지 못한다면 영원토록 쓸모없는 소모전만을 계속해야 할지도 몰랐다.

모래 방어막에 약간의 틈만 만들어낼 수 있다면 이번 전투의 승자는 내가 될 것이고 저 방어막도 내가 가질 수 있다.

욕심이 났다. 기운을 합쳐 만든 장벽보다 강한 방어력을 가지고 있는 방어막을 가지고 싶었다. 그러기 위해서는 방어막 안에 있는 회색 로브의 피를 흡수해야 한다.

오행의 기운을 손바닥 위로 끌어 올렸다. 내가 만들어낼 수 있는 가장 강한 공격을 방어막에 쏟아부을 생각이었다.

다섯 가지 기운이 회전하며 하나의 공의 모습을 하고 있다.

단순한 공처럼 보이지만 그 안에는 오행의 기운이 서로를 자극하며 힘을 불리고 있었다.

오행의 기운이 회전하고 있는 공의 색이 점점 검붉게 변하고 있다.

지금이었다. 오행의 기운이 가장 강해진 지금 방어막을 향해 공을 집어 던졌다.

펑.

모래폭풍이 불었다. 주변의 모래들이 사방으로 날려가며 엄청난 크기의 구덩이를 만들어내었다.

시야를 가리던 모래바람이 잠잠해졌고 고개를 들어 방어막이 있었던 장소를 쳐다보았다.

방어막은 작은 흠집 하나 없이 전과 다름없는 굳건한 모습으로 회색 로브를 보호하고 있었다. 내가 만들어낼 수 있는 최고의 공격까지 막아내는 모래 방어막이었다.

*   *   *

오행의 기운만으로는 방어막을 뚫는 것은 불가능해 보였다.

다른 방법은 뭐가 있을까?

지금 내가 가진 힘은 가장 능숙하게 사용할 수 있는 오행의 기운과 죽음의 기운 그리고 생명의 힘이었다. 죽음의 기운이 저 방어막을 뚫고 들어갈 수 있을까?

검은 아지랑이를 피워내어 모래 방어막으로 투입시키려 했지만 역시나 틈 하나 없는 방어막을 뚫고 들어가지 못했다.

이제 남은 것은 생명의 힘이다. 이 힘으로 무엇을 할 수 있을까?

생명의 수호자는 이 힘을 어떻게 사용했지?

그는 생명의 구슬을 만들어서 대상자를 구슬 안에 가두는 것 말고는 딱히 다른 공격을 하지 못했었다.

방어막과 회색 로브를 통째로 생명의 구슬 안으로 넣어버릴 수 있을까?

몸 안을 충만하게 채우고 있는 생명력을 모두 끌어내어 주먹만 한 구슬을 만들었다.

엄지손톱만 한 구슬 하나에 부대원 한 명을 집어삼켰던 생명의 구슬이었다.

주먹만 한 생명의 구슬이라면 가능할지도 몰랐다.

생명의 구슬을 사용하는 방법을 배운 적은 없었지만 본능적으로 어떻게 하면 사용할 수 있을지 알 것 같았다.

내가 만든 생명의 구슬이 나에게 속삭이고 있었다.

누구를 집어삼키면 되는지 계속해서 물어보았고 나는 모래 방어막을 가리켰다.

생명의 구슬에서 밝은 빛이 터져 나와 모래 방어막을 감싸기 시작했다.

밝은 빛에 눈이 멀어 모래 방어막이 생명의 구슬 안으로 들어갔는지 아닌지는 알 수 없었고 빛이 잠잠해지기만을 기다렸다.

"성공이다!"

모래 방어막이 있던 곳에는 주먹만 한 생명의 구슬이 대신하고 있었다.

생명의 구슬 안에는 강대한 기운이 휘몰아치고 있었고 금방이라도 깨질 것만 같았다.

회색 로브가 생명의 구슬 안에서 발악을 하고 있는 것이다.

구슬이 깨지기 전에 회색 로브의 발악을 멈추어야 했다.

검은 아지랑이가 생명의 구슬을 감싸 안았다.

죽음의 기운은 생명의 구슬이 가진 생명력을 빨아들이기 시작했고 구슬 안에 있는 회색 로브의 생명력도 빨아들일 것이다.

이대로 생명의 구슬 안에 있는 모든 생명력을 흡수하고 싶었지만 그렇게 된다면 죽음의 기운이 강해질 뿐 회색 로브가 가진 고유 능력을 흡수하지는 못한다.

그의 힘이 약해질 정도로만 생명력을 흡수하고 멈춰야 했다.

생명의 구슬이 만들어내는 빛이 옅어졌다. 구슬의 생명력이 얼마 남지 않았다는 뜻이었고 안에 들어 있는 회색 로브의 생명력도 온전치 않을 것이다.

생명의 구슬을 유지하고 있던 생명력을 다시 몸 안으로 불러들였고 그 안에서 회색 로브가 지친 표정을 하며 튀어나왔다.

구슬 안에서 얼마나 발악을 한 거지? 그의 머리는 산발이 되어 있었고 옷마저 찢겨져 있었다.

"너는 어떻게 그 능력을 가지고 있는 거지? 생명력과 죽음의 기운 전부 제자들의 능력인데."

"조만간 당신의 능력도 제가 사용할 수 있게 될 겁니다."

지쳐 있는 그에게 천천히 다가갔다.

나는 검을 꺼내 그의 어깨를 베어내었고 달콤한 향을 내는 피가 그의 어깨에서 흘러내리기 시작했다. 향긋한 피 냄새에 이끌려 그의 어깨에 입을 들이밀었고 그의 피가 혀를 간지럽혔다. 목구멍을 통해 흘러 들어가는 그의 피가 혈관을 통해 몸 구석구석으로 퍼져 나가고 있다.

죽음의 기운이 자신도 그의 기운을 흡수하고 싶다고 앙탈을 부린다.

생명력을 흡수할 때 생기는 금단현상이 지금은 느껴지지 않았다.

그의 피가 주는 희열이 금단현상을 억제하고 있는 것이었다.

자연계 몬스터의 피를 흡수할 때와는 달리 제자들의 피를 흡수하기 위해서는 오랜 시간 피를 마셔야 했다. 그들이 가진 능력이 뛰어났기 때문에 흡수가 오래 걸리는 것이다.

그것이 나쁘지는 않았다. 오랜 시간 동안 희열을 느낄 수 있었기 때문에 오히려 좋았다.

심장박동 소리가 선명하게 들려온다. 엄청난 속도로 움직이는 심장이 그의 피를 몸 구석까지 퍼져 나가게 하고 있다.

비릿한 맛이 난다. 이제 그의 능력을 모두 흡수한 것이었다.

달콤한 맛을 내던 피가 비릿해지자 그의 어깨에서 입을 빼내었다.

미라처럼 말라비틀어진 회색 로브가 입을 달싹거리고 있었다.

나에게 무슨 말을 하고 싶어 하는 듯했다. 하지만 말을 꺼낼 힘도 없어 보이는 그였다.

그에게 내가 해줄 수 있는 것은 그의 안식을 앞당겨 주는 것이다.

검을 들어 그의 목을 단숨에 잘라내었다.

얼마 남지 않은 그의 피가 땅속으로 스며든다. 그가 가장 좋아하는 모래 가득한 땅으로.

모래를 깊게 파서 그를 모래 안에 묻어주었다.

죽어서도 모래 속에서 지내고 싶을 그의 마음을 헤아려 주었다.

전보다 더 충만해진 기운이 몸을 가득 채웠지만 가슴은 허전했다.

허전한 마음을 채우기 위해 밤하늘에 떠 있는 별을 쳐다보았지만 별도 나의 마음을 위로해 주지 못했다.

『순혈의 헌터』 7권에 계속…

초대형 24시 만화방

신간 100%, 샤워실, 흡연실, 수면실(침대석), 커플석, 세탁기 완비

▪ 일산 정발산역점 ▪

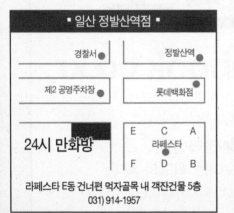

라페스타 E동 건너편 먹자골목 내 객잔건물 5층
031) 914-1957

▪ 강북 노원역점 ▪

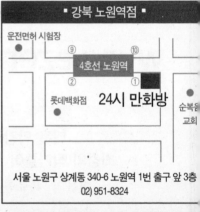

서울 노원구 상계동 340-6 노원역 1번 출구 앞 3층
02) 951-8324

▪ 부천 역곡역점 ▪

역곡남부역 기업은행 건물 3층
032) 665-5525

▪ 부평역점 ▪

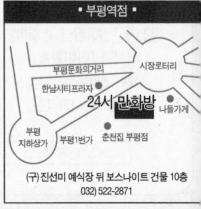

(구)진선미 예식장 뒤 보스나이트 건물 10층
032) 522-2871

떡운 장편 소설

FUSION FANTASTIC STORY

진공 삼국지

2세기 말 중국 대륙.
역사상 가장 치열했던 쟁패(爭霸)의
시기가 열린다!

중국 고대문학을 공부하던 전도형,
술 마시고 일어나니 도겸의 둘째 아들이 되었다?

조조는 아비의 원수를 갚으러 쳐들어오고
유비는 서주를 빼앗으려 기회만 노리는데…….

"역시 옛사람들은 순수하다니까.
  유비가 어설픈 연기로도 성공한 데는 다 이유가 있지, 암."

때로는 군자처럼, 때로는 효웅처럼!
도형이 보여주는 난세를 살아가는 법!

Book Publishing CHUNGEORAM

유행이 아닌 자유추구 -
WWW.chungeoram.com

이경영 판타지 장편소설

FANTASY FRONTIER SPIRIT

그라니트

용들의 땅

GRANITE

사고로 위장된 사건에 의해 동료를 모두 잃고 서로를 만나게 된 '치프'와 '데스디아'.
사건의 이면에 상식을 벗어난 음모가 있음을 알게 된 둘은
동료들의 죽음을 가슴에 새긴 채 각자의 고향으로 돌아간다.
2년 후, 뜻하지 않게 다시 만난 두 사람은 동료들의 복수를 위해
개척용역회사 '그라니트 용역'을 설립해 다시금 그 땅을 찾게 되는데……

용들이 지배하는 땅 그라니트!
그곳에서 펼쳐지는 고대로부터 이어지는 운명적 만남,
깊어지는 오해, 그리고 채워지는 상처.

『가즈 나이트』시리즈 이경영 작가의 미래형 판타지 신작!

Book Publishing CHUNGEORAM

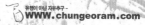